原田マハ

ポプラ文庫

目次

ギフト

ギフト

GIFT

HARADA MAHA

この風がやんだら

ついてないこと、っていうのは、たいてい、いっぺんに起こる。
朝、起きたら雨。きのう買った靴をおろすのをやめる。
それに合わせて着るつもりだったスカートもあきらめる。
着ていくものを迷っていたら、電車に乗り遅れる。
朝イチのミーティングの資料の準備ができない。
ランチもずれこんで、行列の最後尾に並ぶ。
全部、天気のせい。
じゃなくて、わかってる。

ほんとは、自分のせい。

最近、どうもうまくいかない。いらいらして、彼にもついあたってしまう。

「旅行、行かない？　少しのんびりしようよ」

せっかく彼が誘ってくれたのに、私は、そっけなく答えてしまった。

「忙しいのよ。ヒマ、ないし」

彼の誘いを断ってしまってから、思い返して休みを取った。

沖縄に行こうよ。海、きれいだって。

何もなかったように誘ってみたが、

「俺、来週忙しいんだ。ヒマ、ないよ」

今度は彼がそっけなく答える番だった。

引っ込みがつかなくて、ひとりで行く決心をした。

こんなかたちで、初めてひとり旅をすることになるなんて。

南の島に行くのに、どうしてこんな気分を抱えて行かなくちゃならないんだろう。

パッキングしているときも、飛行機に乗っているときも、そして離島へのフェリーに乗りこんだときも、ずっと気持ちが晴れない。

その気持ちを隠すように、買ったばかりのサングラスをかけた。

そして、デッキに立って、ダークグリーンのグラス越しに曇《くも》った海をみつめていた。

島に近づくにつれ、雲のあいだから光が射すのが見えた。

向かい風で髪が顔にふりかかる。私はサングラスをおでこの上に持ち上げた。
視界が急に明るくなる。空は晴れていた。
暗いと思ってみつめていた海の明るさに、心がふいに軽くなるのを感じた。

わかってる。ほんとは……
自分しだいで、変わるんだ。
旅が終わる頃、サングラスもさまになってるかな。
そう思いながら、風に吹かれていた。
それとも、もっと早く新しい自分になろうか。
そう、港に着いたら、この風がやんだら。

雨上がりの花

藤田《ふじた》さんが、6月いっぱいで退職することになった。

30代、独身。グレーのパンツスーツと書類で膨らんだバッグが定番。周到な根回しと破竹のトークで数々のプレゼンをさらってきた、できすぎる女。

「ヘッドハンティングって噂《うわさ》よ。いくらで釣られたのかな」

ランチタイムはその噂で持ち切り。

私は正直、ちょっとほっとしていた。

苦手だったんだよなあ。一分の隙《すき》もないっていうか。

広告代理店に入社して五年目、私にもアシスタントがようやくついた。いい気になってあれこれ頼んでいたら、

「五年まえの自分を思い出したら」

ぴしゃりとやられた。

藤田さんにだけは負けたくない。がむしゃらになった。そのかいあってか、彼女の担当クライアントの引継ぎに私が抜擢《ばってき》された。

私は心の中で思わずガッツポーズ。とうとう、彼女を超える日がやってきたんだ。

藤田さんの退社当日に、最重要クライアントへのプレゼンがセットされた。

プレゼンテーターは、私。気合が入った。

が、プレゼンの前日、部長に呼ばれた。

「明日は、藤田にやらせるから」

最終準備に入っていた私は、思わず部長にくってかかった。

「私、自信あります。やらせてください」

部長はじっと私の顔を眺めていたが、ぼそっと言った。

「あいつ、ヘッドハントされたわけじゃないんだよ。花道《はなみち》、作ってやってくれ」

藤田さんが退社する本当の理由。母親の介護のためなんだ、と小さな声で教えられた。

最後のプレゼンの日。あいにく、雨だった。

クライアントの会社にさきに着いた私は、会議室のテーブルの上に書類を並べ、パソコンをプロジェクターにつないで藤田さんの到着を待った。

　プレゼン開始の十分まえ。会議室のドアが開いた。

　私は息をのんだ。


　いつものダークスーツじゃない。藤田さんは、薄紫のワンピースをふわりとまとって現れたのだ。

　灰色の会議室に、まるで大輪のあじさい。

　きれいだ。ほんとうに、きれいだった。

「何ぽかんとしてるの。始めるわよ」

　くすぐったそうに笑って、藤田さんが囁《ささや》いた。私はあわててプロジェクターの電源を入れる。なんでだろう、指先が震えてる。


　いつか、藤田さんみたいになりたい。

できるだけじゃない。強く、美しいひとに。

プレゼンが終わる頃、雨はもう上がっていた。

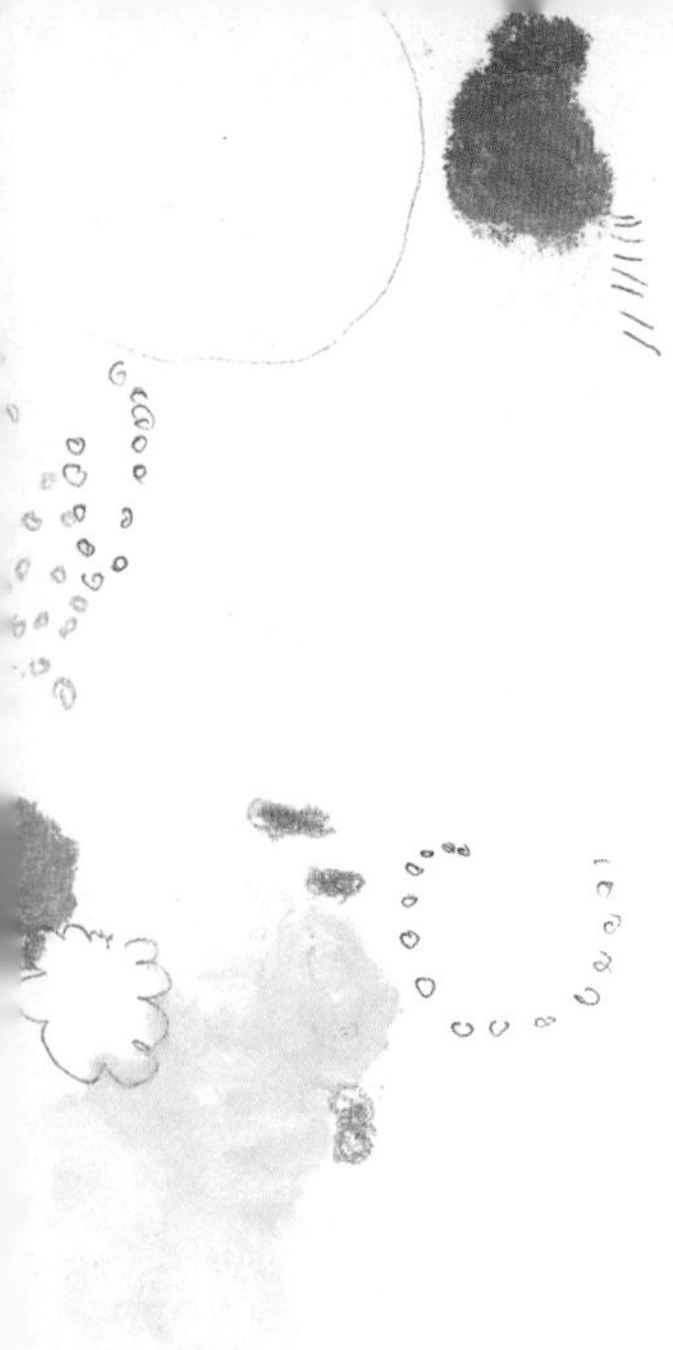

夏の灯

「どうにかなんないのかな、そのシャツ」

混雑する映画館のチケット売り場の前で、彼の姿を見るなり思わずそう言ってしまった。

ひさびさのデート。彼のいでたちは、何日も洗濯していないようなよれよれのシャツと汚いジーンズ。無神経にもほどがある。

私をみつけてこぼれた彼の笑みが、苦笑に変わる。そして、頭を掻《か》きながら言い訳だ。

「ごめん、ゆうべ完徹で……。実は今日、来られるかどうか危なかったんだよ」

編集プロダクションに勤める彼は、昼夜の見境なく働きづめ。なのに「やりたかった仕事だから」と絶対弱音を吐かない。私はいつも待たされてばかり。会えばついつい不満が口を突いて出る。


新しいワンピースとサンダルで、はりきって来たのに。

何日もまえに、カップルシートを予約しておいたのに。

オープンしたてのレストランもチェックしておいたのに。


映画のあいだじゅう、彼は私に寄りかかって眠りこけていた。

「ふあ〜っ、なんか、いい時間だったな」

明かりがついて、彼が大きく伸びをする。私は立ち上がって、そのまま無言で映画館を出た。

あわてて追いかけてくる彼を振り切って走る。地下鉄に飛び乗ると、じんわり涙があふれてきた。改札を出るとき、彼からメールが入っているのに気づいた。

今日はごめん。今度の日曜、実家の近所で蛍鑑賞会ってのがあるらしい。行かない？　夏っぽい演出、考えとくよ。

日曜日、昼間の暑さが嘘《うそ》のように、多摩川《たまがわ》の支流にはひんやりと夕闇《ゆうやみ》が満ちていた。せせらぎ沿いにたくさんの人が集まっている。私は白地に朝顔が咲いた浴衣《ゆかた》姿で川べりに立った。花火大会じゃないからか、浴衣姿の人はいない。私はなんだか照れくさくなって、あわてて彼の姿を探した。なかなかみつからない。

結局、また完徹だったのかな。

心に雲がかかった瞬間、メールが入った。

みつけた！　俺のこと、見える？

すぐに返信した。

どこ？

川の反対側。

わかんない。手を振って。

浴衣なんだね。きれいだよ。

私はスマートフォンから顔を上げて、薄明るい川向こうに目を凝《こ》らした。ぽつりぽつりと灯《とも》る蛍の光。わあ、と歓声が上がる。その中で、スマホをかざして、手を振る人がいる。

あ……彼。浴衣姿だ。

白地にストライプの浴衣姿が、夕闇に浮かび上がって見える。胸がとくんと高鳴った。

ちょっと照れくさそうな彼の笑顔。その前を、ふわりと夏の灯がかすめて飛んでいった。

輝く滑走路

バス停を降りてすぐ、赤い瓦屋根の自宅までずっと続く長い一本道。田んぼの中の畦道《あぜみち》が、子供の頃、大好きだった。夏休み、友達と自転車で走るその道は、デコボコだけどまるで滑走路。広々と明るい青空の真ん中へ、私は風を切って飛んでいった。

ひさしぶりに帰省した私は、バスを降りた途端、目を見張った。田んぼの真ん中を突っ切っていたあの畦道が、大きな舗装道路に変わっていたのだ。キラキラとまぶしいアスファルトの上を、ポンコツの軽トラックがこちらへ向かってやってくる。

「おかえり。やっと帰って来たね」

母が、にっこりと日に焼けた顔を覗《のぞ》かせた。


数えてみると、丸二年帰省していなかった。仕事も恋愛も充実していて、田舎《いなか》に帰るのがどうにも面倒だったのだ。失業と失恋と、そして同窓会の通知が届くのが同時でなかったら、この夏も帰って来なかったかもしれない。

勝手なもんだよね。

ひとりぼっちが嫌で、帰って来るなんて。

祖母と父と母と、ひさしぶりに食卓を囲む。家の畑で取れたトマトは、涙が出るほど甘かった。

中学時代の同窓会は、地元の居酒屋で開かれることになっていた。私は買ったばかりのシャンパンゴールドのパンプスを、旅行鞄《かばん》から出したり入れたりして何度も眺めた。秋を先取りのつもりで買ったけど、いざ田舎ではくとなると気が引ける。さんざん迷って、結局ちょっとくたびれたサンダルをはいて行った。

なつかしい顔が並んだ同窓会は、あっというまに時間が過ぎた。

「表参道《おもてさんどう》で働いとるん？　かっこええなあ」

そう言われて、失業したことを打ち明けられずに終わってしまった。

帰り道、子供の頃一緒に自転車をかっ飛ばしたタカヒロが送ってくれた。

「この道、変わったね」

私はなんだかさびしくなってそう言った。

「もっと滑走路っぽくなったやろ。お前、空飛べそうだ、って言っとったよな。で、ほんまに飛んでってしもうてから」

降るような星空を見上げて、タカヒロがつぶやく。

「いつでも帰って来いよな。みんな、待っとるから」


燃えるような夕暮れの空に、その道はまっすぐ続いている。家族に見送られて、私はバス停に向かって歩き出していた。

ふと、思い出して鞄を探る。一度もはいていないパンプスを取り出した。くたびれたサンダルを脱ぎ、パンプスを足にはめる。しゃんと背筋をのばして、歩き始める。


もう一度、飛べるかな。

もしも飛べたら、輝くこの滑走路に戻って来よう。

遠くからバスが近づいて来る。リズミカルな音をたてて、私は助走を
始める。

コスモス畑を横切って

土曜日の夕方、アパートの郵便受けに届いた、紫がかったピンク色の封筒。

学生時代の親友、さやかの名前が、男の人の名前と一緒に並んで差出人のところにあった。

胸がどきりとした。明らかに、結婚パーティーの招待状。

すぐには封を切れずに、その封筒をベッドサイドのテーブルの上に投げ出した。窓の外には、赤々と燃える夕焼け空が広がる。そのところどころを、ビルの黒いシルエットが突き刺している。

この季節になると、いつも思い出す風景がある。

秋の光を浴びて揺れる、いちめんのコスモス畑。それは、お台場《だいば》に秋になると現れる観光スポットだった。

無機質な商業施設や観覧車の合間に突然現れる風景が面白くて、私とさやかは、毎年この時期に出かけて行っては一日過ごしたものだ。

学生時代、私がいちばん長い時間を過ごした友だち。それがさやかだった。

私たちはどこに行くにも一緒。まるで双子《ふたご》の姉妹のように、楽しいことも、悲しいことも、ひとつ残さず分け合ってきた。仲がよすぎて、彼氏ができないのがちょっとさみしかったけど。

さやかの誕生日は、ちょうどコスモス畑が満開になる頃。不器用に焼いたケーキやワインをバスケットに詰めこんで、ゆりかもめに乗って、私たちは出かけて行った。コスモスが風に揺れるのを眺めながら、ケーキをほお張って、とりとめもなくおしゃべりした。そんな日々が、ずっと続くと思っていた。

ふたりが同時に、同じ人を好きになってしまうまでは。

彼が選んだのは、なんと私だった。

大学最後の秋、私はいつものようにコスモス畑を訪れた。さやかとではなく、彼と。恋に夢中の私とさやかとの距離は、もうどうしようもないほど離れてしまった。

卒業式で「また会おうね」と手を振ったさやかに、もう見向きもしないほどに。

社会人になって最初の秋、私は彼と別れた。そして、もう二度とあのコスモス畑にさやかと帰れなくなってしまったことに、ようやく気がついた。

それからお台場には行くこともなく、ひとりきりの秋が何度か過ぎた。

少しだけ開けた窓から、夜の冷たい空気が流れこんでくる。どこかで虫の声がする。私は長いこと迷った末、招待状の封を切った。

パーティー会場のレストランはお台場にあった。偶然じゃない、とすぐに感じた。

添付の地図を見ると、丸っこい、懐かしい文字が並んでいる。

もし来てくれるなら、お願いがあります。

特別な近道を、通ってきてね。

レストランへの地図には、さやかが色鉛筆で塗ったコスモス畑が広がっていた。そのあいだをまっすぐ突っ切るように、赤い矢印が書いてある。

私は思わず微笑んだ。

ぶきっちょなお手製ケーキと、ワインを携えて。それから、紫がかったピンク色のドレスと、花のかたちのアクセをつけて。

友だちに、会いに行こう。幸せになってね。そう言うために。

コスモス畑を横切って。

茜空のリング

夜遅く帰宅して郵便受けを開けると、紫がかったピンク色の封筒が入っていた。

会社の同期の間宮《まみや》君の、結婚パーティーの招待状だった。結婚式の二次会は、今年これで5回目だ。

あーあ。自然とため息が出る。

他人の幸せを見るたびに、私の幸せはどこにあるんだ、と嘆きたくなる。

言っちゃなんだが、私、そんなにモテないほうじゃない。中学生のときから切れ目なく彼氏がいたし、社会人になってからも多方面からアプローチされてるし。でも、いまの彼、そんなことちっともわかってないみたい。

フっちゃおうと思えばいつでもできる。なのに私は、なぜかそれができない。

同期で一番気が合って、付き合いだして三年。おおらか、堂々、気にしない。大げさなリアクション、とんでもないジョークでいつも笑わせてくれる。

くやしいけど、そんな彼が大好きだから。

「間宮、とうとう結婚するんだなあ」

まったく、のんきを絵に描いたみたいだ。

間宮君といちばん仲のよかった彼だから、ちょっとは奮起して、私とのことも急展開になったりしないかな、と期待してたんだけど。

どうやら彼は今回も、幸せなふたりを祝福する進展のないカップル代表として、場を盛り上げるつもりなんだろうな。

「見せたいものがあるんだけど、少し早めに行かない？」

パーティーの朝、彼から電話があった。そんなふうに誘われたことがなかったから、ちょっと胸がときめいてしまった。

いつもよりメイクも念入りに、買ったばかりの赤いオーガンジーのワンピースに黒いサテンのジャケットを羽織って、颯爽《さっそう》と家を出た。

お台場のホテルのバーで、夕日を眺めながら「これ、見せたかったんだ」ときらめくリングを差し出されたりして。モノレールに揺られながら、ひとりでにやけてしまう。

ところが、彼が私を連れて行ったのは、一面のコスモス畑だった。

そんな場所があること自体知らなかった私は、思わず声を上げた。連休ということもあって、家族連れやカップルで賑《にぎ》わっている。子供たちは花の陰《かげ》でかくれんぼして遊んでいる。なんとも言えない、のどかであたたかな秋の風景。

これを見せたかったのか。

ちょっと期待外れだったけど、抱えきれないほどの花束をもらったようで嬉しかった。


ふと、目の前を、紫がかったピンク色のパーティードレスを着た女性が、花の中を突っ切って歩いて行く。

パーティー会場への近道なんだ。

彼女のあとを追って行こうとした瞬間、彼が後ろから言った。

「世界最大のリング、受け取ってくれるかな」

私は振り向いた。

彼は照れくさそうに笑って、観覧車を指差している。私はぽかんとなった。

「え？　リングって……」

「だから、これ。エンゲージリング。ちょっとデカいけど、受け取って」

私はあっけにとられた。彼は照れくさそうにつぶやく。

「だってさ。サイズがわからなくって」

私は笑い出した。彼もつられて笑い出した。笑いながら、観覧車に向かって、私は左手を高々と差し出した。

茜《あかね》空の真ん中で、いま、世界最大のリングのライトが灯った。

小さな花束

夜遅く帰宅すると、紫がかったピンク色の封筒が郵便受けに落ちていた。
差出人のところに、同期入社のさやかの名前が、彼の名前と仲良く並んであった。
同期初、私の友人初の結婚披露宴だ。
「やられたね」と、亜衣《あい》。
「一番乗りかあ」と、めぐみ。

「仕事と家庭、両立できるのかな」と、美帆《みほ》。

「あの子ならできるでしょ」と私。

くやしい、むなしい、うらやましい。さやかと違って彼氏のいない、私たち四人組。誰も「よかったね」とは言わずに突っ張っていた。

私たちとさやかは、いつも一緒。仕事では競い合い励まし合い、アフターファイブはグルメにエステに街へ繰り出した。上司の小言も恋の悩みも、一緒に泣いたり笑ったり。唯一彼氏のいるさやかだったが、決してノロケも自慢もしない。いつも私たちのグチを聞いては、やさしくなだめて応援してくれる。まるでチームのお母さん。

結婚までのカウントダウンに入っているとはわかっていたけど、なんだかひとりだけ違うところに行ってしまうみたいで、さびしかった。

友だちの幸せを素直に喜べないなんて。

私って、最低。だから彼氏もできないのかなあ、とひとりため息をつく。

そうは言っても、私にとっては初めての披露宴。興味津々、期待満々。招待状が届いた翌日から「結婚式のマナー」なる本を熟読し、何を着て行こうかとあれこれ思案。亜衣もめぐみも美帆も、ヘアカタログのチェックやウィンドウショッピングに余念がない。

「あたしたちのほうが結婚するみたいだね」

とみんなで笑った。


何を着ていくか内緒にしていた私たちは、待ち合わせの駅に現れたお互いを見て歓声を上げた。薄いピンク、チェリーピンク、ラベンダー、バイオレット。見事なグラデーションのワンピースが揃《そろ》っていた。

「予定調和、ってやつ？」と、美帆。

「順番に並んで行こうよ」と、めぐみ。

「薄い色から順番に」と、亜衣。
「やだ、幼稚園児みたいじゃん」と私。

披露宴は、お台場にある広いテラスが自慢のレストランだった。テラスの向こう側には、一面にコスモス畑が広がっている。風に揺れる花畑をバックに、私たちを出迎えてくれた花嫁は、息も止まりそうなほどきれいだった。
「おめでとう」と言いかけて、自分がもう涙声になっているのに気がついた。

私たちのテーブルは、テラスに近い場所にあった。丸テーブルの向かい側には、四人の男の子たちが座っている。どきりとした。どうやら、新郎の同期チームらしい。

「はじめまして」と声をかけてくる。

「はじめまして」と笑顔で答える。

華やいだ雰囲気に、私たち全員、なんだか緊張している。でもそれは、不思議な、心地よい緊張感だ。私たちはぽつりぽつりと会話を始める。

ひとりの男の子が、スマートフォンを取り出した。

「あの、もしよかったら、四人一緒に写真撮ってもいいかな」

え？　四人って、私たち？

きょとんとする私たちに、彼が照れくさそうに言う。

「だって、君たち、コスモスみたいだから」

私たちは思わず、自分たちの後ろを振り向いた。大きな窓の向こう側は、どこまでも続くコスモス畑。

私たちは顔を見合わせて笑い、肩を寄せ合ってスマホのレンズを見つめた。

「ああ、きれいだ。はい、チーズ」

シャッターを押すメロディが響く。

「この花々を、新郎新婦にメールするよ」

そう言われて、ちょっと照れる。

「じゃあ、メッセージ書かせて」と、亜衣。

「私も。なんて書く？」と、美帆。

「『おめでとう。お幸せに』」と、めぐみ。

「『ｆｒｏｍチームコスモス』」と、私。

笑顔の小さな花束が、いま、さやかのスマホに届いたはずだ。

真夜中の太陽

ひんやりとした秋の日差しが、イチョウ並木の空っぽになった枝のあいだからやさしく降り注いでいる。

いちめんの落ち葉で黄金色にきらめく舗道《ほどう》を、家族連れやカップルが楽しそうに歩いていく。

私はひとり、手にウールのジャケットを携えて、ゆっくり進む。ちょっとはれぼったい目で空を見上げると、太陽はてっぺんで輝いている。

ねえ、そっちはいま、真夜中だよね？

心の中で、彼にそう語りかける。

彼が、行ってしまった。きのう、遠い国へ。会社を辞めて、もう一度勉強する、と決心して。

ついて行きたかった。どんなに遠くても、ついて行きたかった。でも、わかってた。私がわがままを言ったら、彼の決心が鈍る。


絶対泣かない。そう決めた。

彼が出発ゲートの中に消えてしまう瞬間まで、笑顔で見送った。

空港から帰るリムジンバスの中、涙がいつまでも止まらなかった。


おとといの夜、ふたりで最後にこの並木道を歩いた。

初めてデートした場所。初めてキスしたのも、ここ。終電直前まで、私たちは黙りこんだまま、何度も並木道を往復した。

ずっとそばにいたい。

いま、話しかけたら、そう言ってしまうかもしれない。だから私は、一生懸命、口をつぐんでいた。

少し強い木枯《こが》らしに、道路を埋め尽くしたイチョウの落ち葉が舞い上がる。私は思わず、ぎゅっと身を縮めた。

そのとき、私の肩を、彼が着ていたジャケットがふわりと包んだ。シャツ一枚になった彼は、ひとつ身震いして、大きく伸びをした。

「あっちは朝なんだよなあ」

「こっちは夜で、寒いのにね」

「向こうの寒い夜には、こっちのあったかい昼を想像するよ」

「じゃあ私も。寒い夜には、そっちのお日さまを想像しよう」

ふたりして、笑った。


終電の時間が来てしまっても、帰りたくなかった。けれど、明日は出発の日。彼の電車がホームに滑りこんだ。私は思い切ってジャケットを脱ぐと、彼に差し出した。

「ありがと。あったかかった」

彼は笑いながら受け取ると、それをもう一度私の肩にかけた。

「こいつを、一緒にいさせてやって」

そう告げると、電車に飛び乗って行ってしまった。


今日、私はイチョウ並木をひとりで歩いている。

彼のいない秋。彼のいない日曜日。

だけど、この風、この太陽を受け止めながら、私は彼がひとり静かに過ごす夜を想像する。

忘れないで。木枯らしの真夜中も、太陽はいつもあなたを照らしている。

自分のジャケットをふわり、と肩にかけて、太陽をいっぱいに吸いこませる。
これを明日、彼に送ろう。
ずっとそばにおいてね、とメッセージをつけて。

贈り物を探しに

新幹線のドアが開いてホームに降りると、思いきり冷たい北風が頰《ほお》を打つ。

思わずコートの襟《えり》を立てて、肩をきゅっと縮める。

何もこんな日に、こんな遠くに、急に出張したくなかった。

「大事な商談だ。絶対にまとめて来い」

そう言ったボスの顔を思い出すまいと、小走りに階段を下りる。

得意先との商談は午後四時から。そのあと飛んで帰っても、東京に着くのは午後十一時近く。

これじゃ、楽しみにしてた大学時代の仲間たちとのパーティーに全然間に合わない。

そりゃあ、子供のときに暮らしたなつかしい街だけど。

多分、もっと早く出張が決まっていれば、連絡したい人はたくさんいたんだけれど。

何より、大事なプレゼンを任されたのは、正直驚いたんだけど。

駅前のさえない喫茶店でポテトグラタンをつっつきながら、実はちっともお腹がすいてないことに気づく。

商談まであと2時間。絶対に失敗できない。次第に緊張してくるのがわかる。

ふと、店内に張り出された美術館のポスターに目が留まった。

ああ、そういえば、母に連れられてよく行ったっけ。川沿いの公園の中にある、小さな美術館。

路面電車にゴトゴト揺られて、大好きな絵に会いに行った。とりわけ、お姫様のようなシルクのドレスに、きらめく宝石のピアスをつけた貴婦人の肖像画に夢中になった。

家に帰ってから母のロングスカートを引っ張り出してイヤリングをつけ、鏡の前でポーズしてみたり。


行ってみようかな。そう思いついた。


路面電車にゴトゴト揺られ、公園前で降りる。

あの頃の小さな私が、早く早く、とせかしている。

木枯らしから逃げるように、小走りに美術館の中に走りこむ。

あの絵は、まだあるのかな。

なつかしい友人に会いに行くように、胸がだんだん高鳴ってくる。


少し古ぼけたギャラリー、あちこち染みになっている壁。まるで時が止まったように、彼女は私を待っていた。

しんと静まり返る展示室。私は心の中で彼女に話しかける。

あなただったのね。こんなに急に、私をこの街まで呼んだのは。

彼女のピアスをじっと見つめる。まるで今描きあげたように、小さな宝石の粒がみずみずしい光を放っている。


きっといつか、手に入れたかったピアス。

傾きかけた太陽が、細く冷たい光を投げかけている。表通りで、私はタクシーを止める。

バッグから書類のクリアファイルを取り出して、いちばん後ろのポケットに、彼女のポストカードを滑りこませる。

ねえ、今日のプレゼンがうまくいったら。私は自分に話しかける。

私への贈り物を探しに出かけようよ。

少女の私が、せかしている。

早く早く、探しに行こうよ。

タクシーから降りた私は、木枯らしの中、顔をまっすぐ上げて歩き始める。

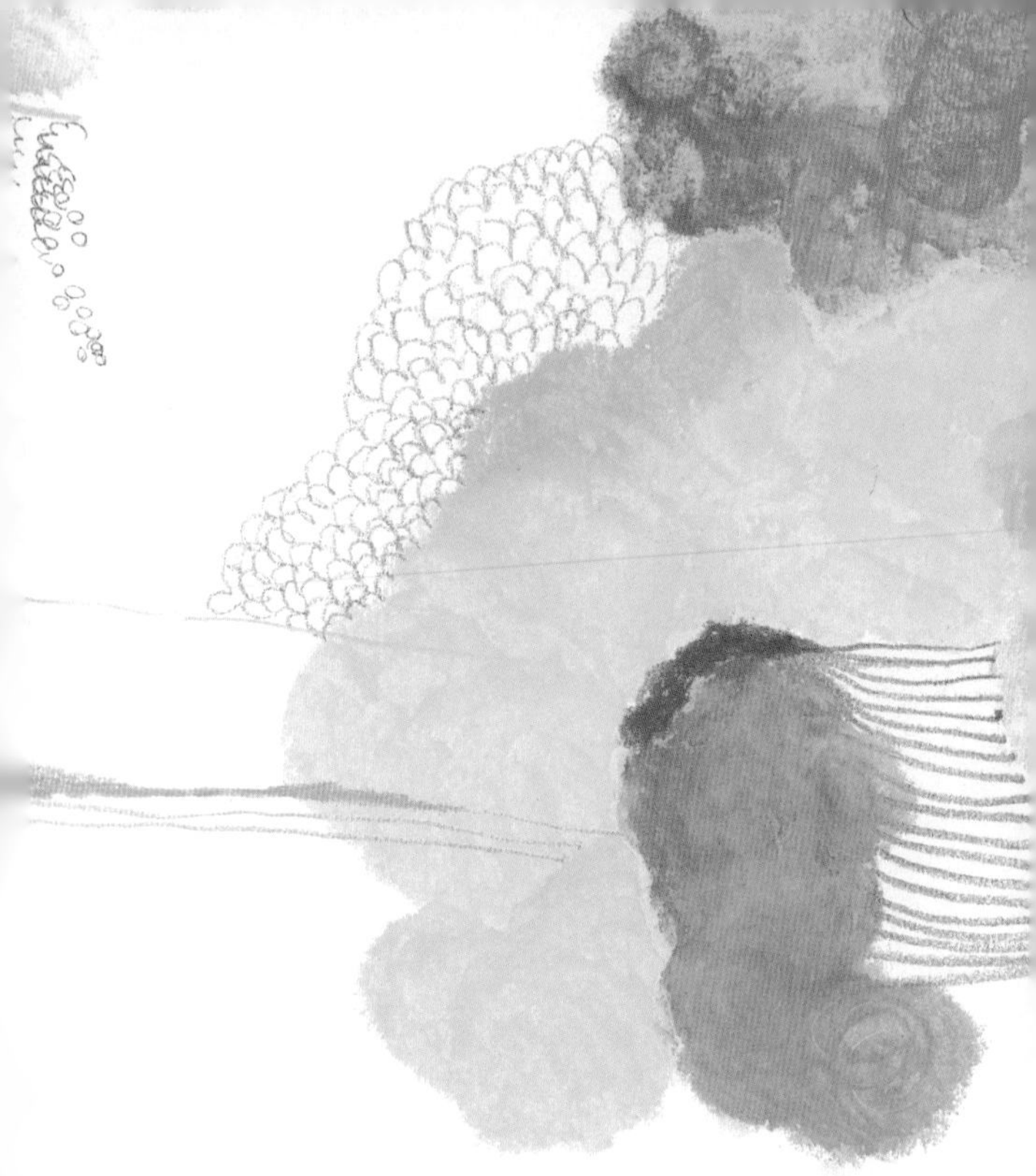

十二月のカレンダー

オフィスのデスクの上に、ちょこんと載った小さなカレンダー。
四季折々の写真と一緒に、書きこみスペースもあって一年間重宝してきた。
残すところ、あと一枚。
二十九日に赤丸がついている。私の、最後の出社日。
来年から、私は大阪に転勤して、大阪本部の企画課長になるのだ。
せっかくの栄転なのに、なんだか浮かない気分。だって、辞令が出たときに、部長がぼそっとつぶやいたから。

まったく、君は十二月のカレンダーみたいな人だからな。

そう聞こえてしまった。


「なにそれ？　意味わかんない」と同期の祥子《しょうこ》。

「で、色々考えたんだよね」と私。

さっさと終わってくれ。新しいカレンダーを掛けたいんだから。

部長はそう言いたかったんじゃないか。

「ショック。部長に感謝してたのになあ」

ついつい祥子にぼやいてしまった。

部長は私に厳しかった。大目玉も何度もくらった。でも見るところはちゃんと見てくれて、きちんと評価してくれる。

そんな部長のことを、けっこう尊敬していたのに。

とうとう、最後の出勤の日がやってきた。

花束贈呈、記念写真、たくさんの贈り物。なつかしい職場と、上司や友とお別れだ。

拍手で送り出されて、オフィスをあとにする。ロッカーからコートを取り出し、ぱたんと閉める。私を呼ぶ声がして、振り向くと祥子が立っていた。

「お疲れさま。はい、これ」

祥子は私に近づくと、そっと小さな包みを渡した。

「なに?」

「餞別《せんべつ》」

銀色の包み紙の中から現れたのは、新年の小さなカレンダーだった。

「めくってみて」

表紙を開けると、十二月のカレンダーが一枚だけついている。

私は意味がわからずに、祥子を見た。彼女はふふっと笑って、

「それが、部長のメッセージよ」

と言う。

やがて去り行く友のために、祥子は思いきって部長に真意を問いただしてくれたのだ。

「十二月のカレンダーって、彼女にさっさと出て行けってことなんですか?」と祥子。

「逆だよ、逆」と部長。

一年間、愛着を持ったカレンダーの最後のページを、『ここまできたか、よくやったな』って眺める。あいつを見てて、そう思った。

部長はちょっと照れながら、種明かししてくれたそうだ。

私はカレンダーを、コートのポケットにそっとしまった。
「さて。打ち上げ、行く?」と祥子。
「もちろん」と私。
コートを羽織って、北風の中、にぎやかな街へと繰り出した。
ポケットの中に握り締めた一枚きりのカレンダー。
そこだけが陽だまりのように、じんわりとあたたかかった。

ポケットの中の陽だまり

閉店まで、あと三十分。

私の視線は、さっきから何度も何度も、腕時計と窓の外とカフェのドアをいったりきたりしている。

彼はまだ来ない。

二杯目のカフェラテも、もうすっかり冷めてしまった。

去年の秋、彼が転勤になってからは、思うように会えない日々が続いている。

クリスマスも別々に過ごして、年始にようやく会えた。

初詣《はつもうで》に出かけて、映画を見て、街を歩いて過ごした。たあいない話題に笑ったりはしゃいだりして、いつもと変わらず過ごした。

ひとつだけ違っていたことは、手をつながなくなったことくらい。

私たちは一緒に歩くとき、いつも手をつないでいた。

ほら、こっちにおいでよ。

彼の大きなあたたかい手は、そう呼びかけるように私の手を誘ってくれた。歩き始めるとすぐ、ふたつの手はごく自然に結ばれた。

なにげない時間、なにげない場所。けれど私はいつも、彼と一緒にいられることに感謝したい気持ちでいっぱいだった。彼の手をしっかり握って、一緒にいることを確かめて、結び合った手を通してこの気持ちが彼に伝わることを願っていた。

ありがとう。一緒にいてくれて、と。

ひさしぶりに会った私たちは、もう手をつながなくなっていた。なんだか照れくさかったし、もっと大人の関係になってもいいかな、と思った。

でも、本当はちょっとさびしかった。彼の手が、私の手を呼んでくれなかったことが。

彼は変わらず優しかったし、たぶん、お互いの気持ちは何も変わっていなかったはずだ。

不安がどこにもない、と言えば嘘になるけど。

もうすぐバレンタインデーという週末。私は思い切って彼の住む町まで出かけて行った。

バッグの中には小さなプレゼント。彼の大きな手を、春が来るまであたためてくれるように、レザーの手袋を選んだ。

あなたの町の駅に着きました。

そうメッセージを送ると、すぐに返信が来た。

え、ほんとに？

うん。来ちゃった。

そうかあ。今日、仕事なんだよ。遅くなるかもしれない。

スマートフォンのディスプレイを見て、私は落胆を隠せなかった。けれど明るく返事した。

大丈夫。終わるまで待ってるから、気にしないで。


駅前のカフェのドアがあわただしく開いて彼が飛びこんできたのは、閉店ぎりぎりの時間だった。

「ごめん。ほんっとに、ごめん」

彼は何度もあやまったけど、私はただただ嬉《うれ》しかった。必死に仕事をこなして、なんとか閉店までには、と駆けつけてくれたんだもの。

店を出るとすぐ、私はプレゼントの包みを取り出して言った。

「これ、バレンタインにはちょっと早いけど」

リボンを解いて現れた手袋を見て、彼の顔が輝いた。そして、右手に片方の手袋をはめると、ほら、ともう片方を私に差し出した。

「すごくあったかい。はめてみなよ」

言われるままにはめてみた。ぶかぶかな左手を見て、私は笑い出した。

「私には、さすがに大き過ぎだね」

ふと、彼の左手が伸びて私の右手を柔らかく握った。そのまま、ふたつの手は彼のコートのポケットの中でひとつになった。

早春の陽だまりに逃げこんだ小鳥のように、私の手は彼の手のぬくもりを感じている。

ありがとう。一緒にいてくれて。
彼がそっと囁《ささや》くのが、聞こえた気がした。

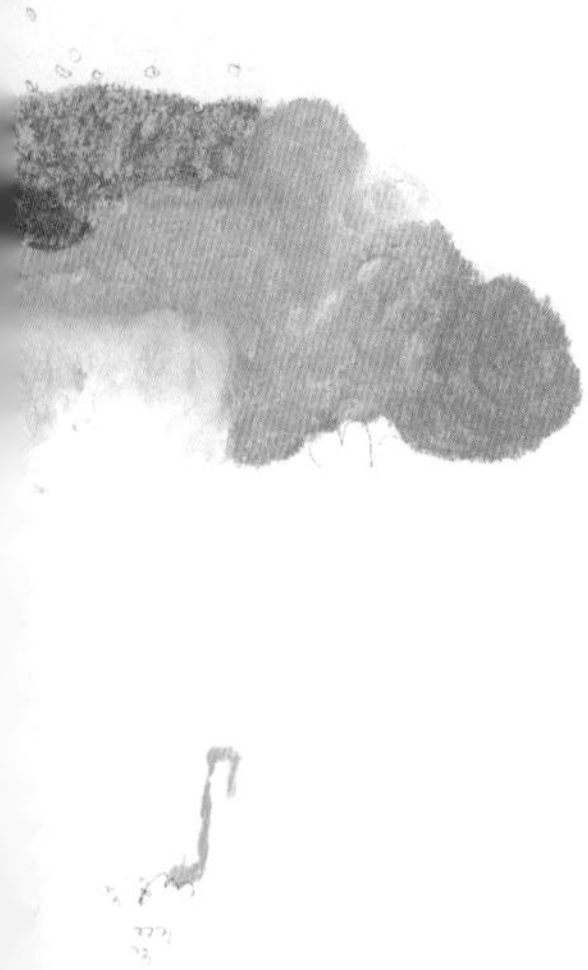

サウスショア・ピクニック

私の部屋の窓からは海が見える。

実際は、次々に建ってしまった住宅やマンションに阻まれて、破片のような青がその隙間からちらりと見えるだけなんだけど。

子供の頃は、朝、ベッドから起き上がる瞬間が楽しみだった。

グリーンのタータンチェックのカーテンをさっと開けると、目の前いっぱいに広がる海。夏は入道雲が湧《わ》き上がる空を映して、冬は銀色に広がる鏡のような海。

開発が進むにつれて、少しずつ狭まっていく海景。

明日、私はこのなつかしい風景に別れを告げる。

自宅は都心から電車で一時間半。早朝に家を出て夜遅くまで、三年間がんばって通勤した。

けれど、とうとう私は実家を出て、都心でひとり暮らしをする決心をした。春の異動でようやく希望していた部署に配属になり、思う存分仕事に打ちこむ覚悟ができたのだ。

父も母も、私の決心に同意してくれた。母はむしろ喜んで、新居探しや家具選びにうきうきとついて来る。

「もう子供じゃないんだから、好きにさせてやれよ」

父はあきれ顔だ。

「だって、一緒に買い物なんてひさしぶりなんだもの」

母はちっとも悪びれない。

「なんだかお母さんがひとり暮らしを始めるみたいだね」

私はそう言って笑った。


母との買い物ついでに、空色のパンプスを買った。心機一転、引越し完了の翌日に出社するとき、はいて行こうと決めていた。

引越しを明日に控えた週末、私は急に浜辺へ行ってみたくなった。強い風が吹く日、サーファーたちが波を求めて集まる南浜《サウスショア》。

薄手のコートにスニーカーをつっかけて外へ出たが、くるりと玄関へ戻る。そして、まだ箱に入ったままだったパンプスを取り出してみた。

都会のアスファルトを踏む前に、砂の感触を記憶させたい。

そう思って、はき替えた。


住宅のあいだの細い路地を抜けて、海のかけらを目指して歩いて行く。

浜辺の風は思ったよりもずっと春めいている。さくさくと砂を踏みしめて、水平線にじっと目を凝らす。

明日からはしばらく見られなくなる風景を、焼きつけたかった。

「コーヒーいかが。サンドイッチもあるわよ」

そう呼びかけられて振り向くと、母がバスケットを持って立っている。私の横へやってくると、チェックのクロスを広げ、バスケットから次々にサンドイッチやらクッキーやらを取り出した。まるでピクニックだ。

「子供の頃は、週末にときどきこんなふうにピクニックしたよね」

コーヒーを啜《すす》りながら私が言うと、

「これからも、いつだってできるわよ。私たちはずっとここにいるし、海だってずっとあるんだから」

母は笑って返した。少し皺《しわ》は増えたけど、どこか子供っぽい笑顔は昔のままだ。私は思わず微笑《ほほえ》んだ。

「ねえ、お母さん。お願いがあるんだけど」

カーテンの作り方を、私は母に教えてもらうことにした。グリーンのタータンチェックにしよう。そう思いついたのだ。

海がなくても、毎朝開けるのが楽しみになるように。

母は砂浜にカーテンの絵を描いて説明を始める。私は裸足《はだし》になって、その絵の横に立つ。

太陽が西へ傾くまで、私たちは親友同士のように、終わらないおしゃべりを続けていた。

そのひとひらを

海外留学出発まえの最後の夜。壮行会をしてくれた友人たちとはめをはずして、終電で帰って来てしまった。

くすんだ水色の定期入れを、トートバッグから取り出す。あと三日残した定期券の入ったそれを自動改札にかざして、外へ出る。

お世話になりました。

ちょっとくたびれた定期入れを眺めて、心の中でそうつぶやいてみる。

五年まえ、就職祝いに父が贈ってくれた。明日から、しばらく使うこともないだろう。

今度使うときは、留学先で学んだことを活かせる職場にめぐり合ったときだ。そう決めて、バッグの中にしまいこむ。

自宅に続くなだらかな坂道は桜並木だった。夜の桜は霞《かすみ》のように白く煙《けむ》って夢のようだ。

ふと前を見ると、見覚えのあるトレンチコートの背中。私は急いで駆け寄った。

「お父さん。終電だったの？」

振り向いた父の顔に、笑みがこぼれる。

「なんだ。明日出発なのに、そっちこそ終電だったのか？」

「うん。壮行会してくれたんだけど、しばらくみんなに会えないと思って、つい」

「そうか」

父の笑顔が、ほんの少しさびしそうに見える。

私は、父の下げる鞄に手を伸ばして「ねえ、これ持たせて」と唐突に言った。

「なんだ。重いぞ」

「いいのいいの。子供のときから、ずっと持ってみたかったんだ。重そうだな、色んなものが入ってるんだろうな、って」

父の鞄はずっしりと重かった。家族を支え、会社を支えてきた重みが、ぎゅっと詰まった鞄。

こんな重たい鞄を提げて、父はいくつもの春を、この桜並木の下を歩いてきたのだ。そう思うと、急に胸が熱くなった。

「おれも持ってみようかな。お前の鞄」

父が言うので、私は笑った。

「お父さんの鞄にくらべれば、まだまだ軽いよ」

「そうか、どれ……おっ、結構重いじゃないか」

その日、私のトートバッグは確かに重かったはずだ。英語の辞書や友人たちからのプレゼントがいっぱいだったんだもの。

「桜、きれいだね」

父の鞄を両腕に抱いて私が言うと、

「見に帰って来いよ。来年も咲くんだから」

と父が言う。

「うん。私も一花、咲かせてからね」

「なんだ。なかなか生意気だな」

どこまでも花散る坂道を、私たちは笑いながら歩いて行った。

翌朝、いつもどおりに父は出勤して行った。

空港まで見送る、と母が言い張るのを、「大丈夫。もう子供じゃないんだし」と固辞して家を出た。

母は門前に立って、桜並木を私が下って行くのを、いつまでもいつまでも、手を振りながら見送ってくれた。


離陸直後からすっかり眠りこんだ私は、コーヒーの香りでようやく目覚めた。

大きく伸びをして、読みかけの本を取り出そうとトートバッグをごそごそかき回す。ふと、指先が硬いものに触れた。

バッグの底に、小さなリボンの包みがあった。

急いでリボンを解く。淡い桜色の定期入れが現れた。私は思わず微笑んだ。

お父さんたら。向こうでは、定期なんて必要ないんだよ。

「あら、何か髪についていますよ」

アメリカ人のキャビンアテンダントに声をかけられて、あわてて目をこする。彼女が指先につまんだのは、桜の花びらだった。

「私の故郷の花なんです」

そう言うと、彼女はにっこりと笑った。

「美しい花びらですね」

そのひとひらを、私は真新しい定期入れにそっと入れた。

お父さん。きっとまた、一緒に歩こうね。

そのときには、もう少しだけ重くなったバッグを、私も抱えているはずだ。

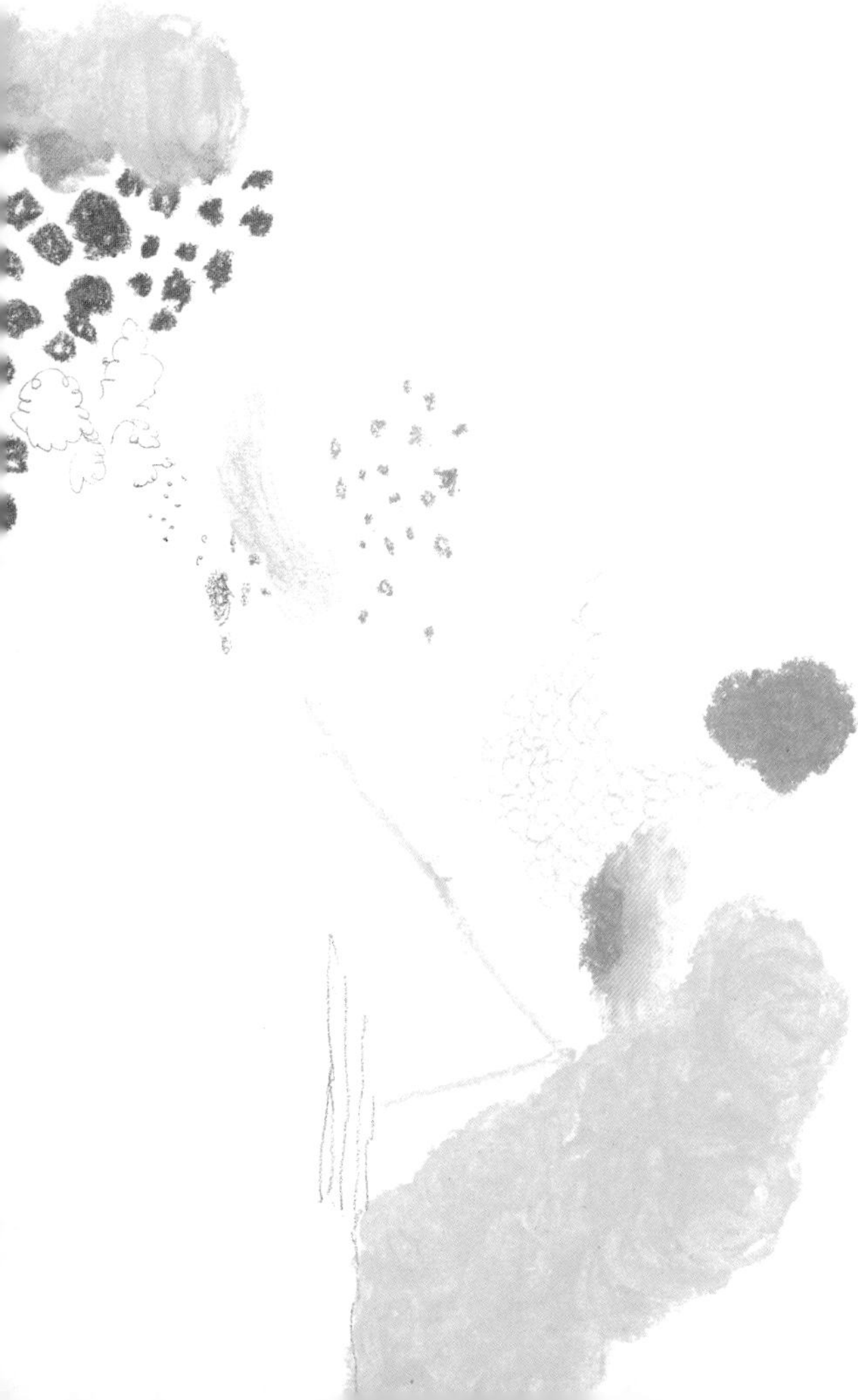

ドライブ・アンド・キス

朝方まで窓を叩《たた》いていた雨は、まるで私の起床時間に合わせてやんだようだった。

窓を全開にして部屋に風を呼びこめば、ほんの少しだけ夏の予感がする。オフホワイトのアンサンブルにカーキのクロップドパンツ。ぺちゃんこのサンダルをはいて、いざ出発。ミラーの位置よし、ガソリンほぼ満タン。雨でボディはちょっと汚れてるけど、まあいいか。まずは友人の待つ駅のロータリーへ。

「お待たせ。雨、やんでよかったね」

助手席の窓を下ろして、親友の真由《まゆ》に大声で呼びかけた。

ぼんやり立っていた真由は、私の声にはっとして、うっすら笑顔を見せる。小さな顔に不釣り合いなほど大きなこげ茶のサングラス。急いで助手席に乗りこんできた。

「あれっ、そのサングラス見たことない。かわいいね。買ったの？」

「うん、まあね」

真由は口もとで弱々しく笑って、窓の外へ顔を背けている。

あーあ、もう。見ちゃいられないな。

わかっていた。サングラスの下には、真っ赤に泣きはらした目があるのだ。

二日まえ、真由が電話してきた。なぐさめる言葉もないほど泣きじゃくりながら。

長年つき合っていた彼とケンカしたと言う。せっかく結婚へのカウントダウンが始まってたのに、もうだめかも、などと嘆いていた。

こりゃあケーキや買い物くらいじゃ気分は晴れそうにないな。

そう感じた私は、「ねえ、ひさしぶりにドライブに行こうよ。私、車出すからさ」と誘ったのだった。

憎らしいほど仲がよくてお似合いのふたりのケンカのきっかけは「理想の家庭像」の食い違い。真由の夢は、結婚したら郊外に家を持って、毎朝彼を駅まで車で送ってあげること。「いってらっしゃい」とキスして送り出してあげることなんだとか。

「ドライブ・アンド・キスが夢だったんだ」

助手席の真由は顔を背けたまま、そんなかわいいことを言っている。

私は思わず微笑んだ。

「アメリカのホームドラマみたいな夢だね」

昔そんなテレビドラマがあったような気がした。真由はちょっと決まり悪そうだ。

「まあ、そうなんだけどね」

「それがなんでケンカになるのよ」

その夢、すぐにはかなえられない。おれ、そんな甲斐性《かいしょう》ないし。そう逃げられた、と言う。

「あたしだってすぐになんて思ってない。せめて『いつかそうしようね』って言って欲しかっただけ」

「贅沢《ぜいたく》だなあ」と、私はちょっとあきれてみせた。「わかってるよ」と、真由はまた窓の外を向いてしまった。

湾岸線をどこまでも走りながら、私たちは気の済むまでおしゃべりを続けた。フロントガラスから差しこむ太陽が真上を少し越した頃、いつもの真由に戻ったな、と感じてから、高速を下りた。そのまま一般道を走って、港町の駅へ連れて行った。

「この辺でランチするの?」と真由。

「ううん」と私。

「ここまで、送ってきただけ」

駅のロータリーで車を停めて、クラクションをひとつ、鳴らした。サングラスをゆっくりと外して、真由が窓の外に目を凝らす。ガチャリと助手席のドアを開けたのは、彼だった。

「お待たせ。雨、やんだわよ」

私は彼に向かって大声をかけた。真由は助手席に座ったまま、私と彼の顔を交互に見比べている。彼は照れくさそうな笑顔で、真由の手を取った。真由は泣きべそのような笑い顔になった。

私だったら、キス・アンド・ドライブ。そのほうが、いいな。
帰り道の湾岸線。車を走らせながらそんなことを考えて、ひとりでくすくす笑った。

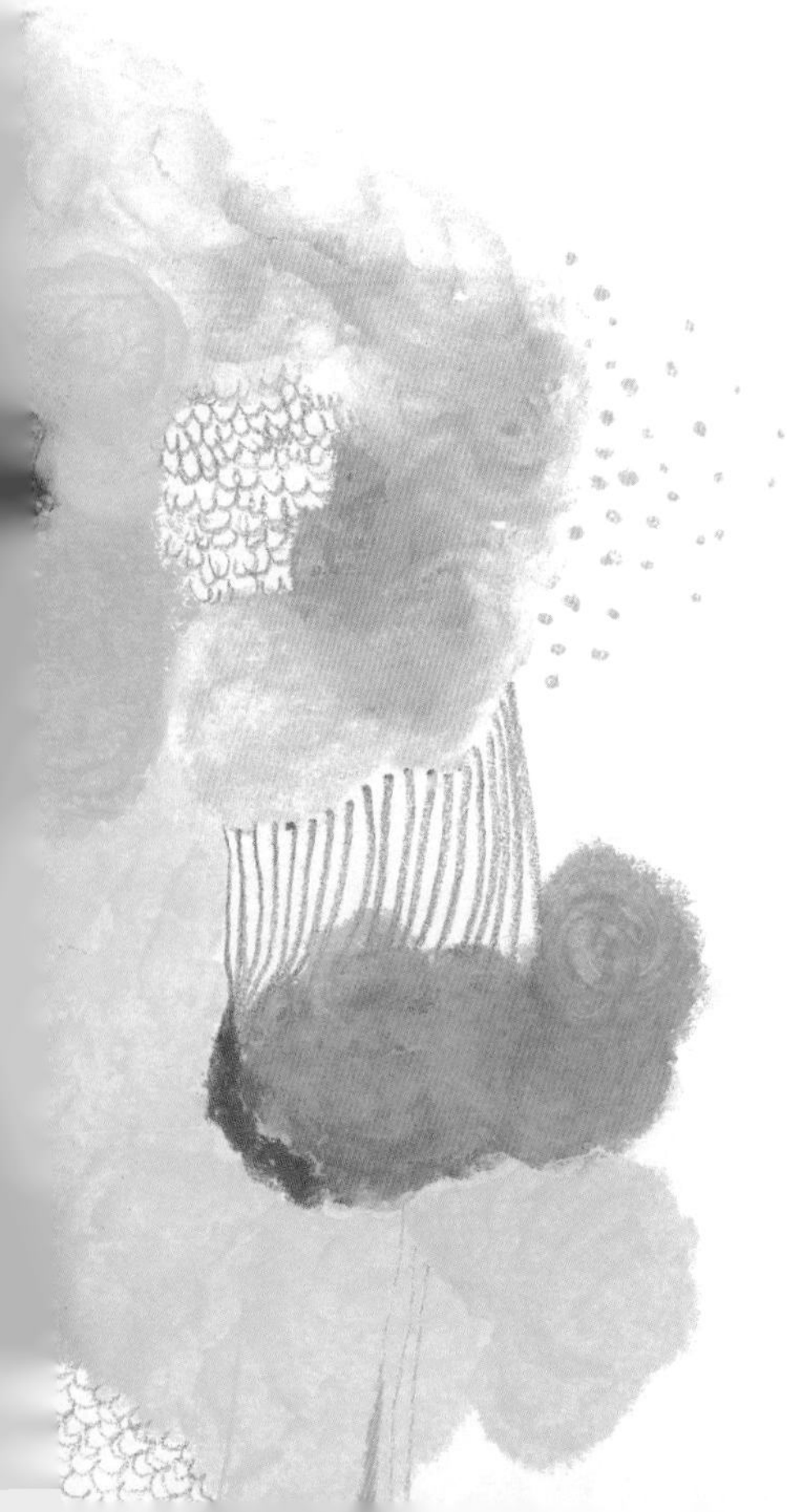

十五分後の春

十時十五分。

初めてのデートで、彼が待ち合わせの時間をそう決めた。

「なんで十時じゃないの？」

そう聞くと、

「映画が十時半からだろ。そのくらいでいいんじゃない？」

のんびりした調子で返された。

日曜だし、ぎりぎりまで寝てたいのかな。結構ずぼらな人かも、と思ってしまった。

日曜日。もうすぐ春とはいえ、午前中はまだ肌寒い。駅前の赤信号で時計を見ると十時十三分。急がなきゃ、と小走りになる。

チケット売り場の行列の前で、彼がポケットに手を突っこんで、背中を丸めて立っているのが見えた。

「ごめんね、待った？」

声をかけると、彼は照れくさそうに笑って、

「いや、今来たとこ」

と答える。チケット買っといたよ、と渡しながら、そのまま彼の手が私の手を握った。思わず体がぎゅっとなる。彼の手が氷のように冷たかったからだ。

それでも、入り口までのほんの数メートルを、私たちは手をつないだまま歩いて行った。

それからデートのたびに「十二時十五分」「七時十五分」と、彼は中途半端な待ち合わせ時間を決める。

「十二時じゃだめなの?」

少しでも早く会いたい私は、あるときそう言ってみたが、彼は取り合ってくれない。

「きっかりの時間だとなんだか窮屈じゃん。間に合わなきゃって感じになるし。何事もゆとりを持って、ってことで」

余裕たっぷりだ。なんだかくやしかった。

ゆとりなんて全然ないよ。私は彼のことで、こんなにもいっぱいなのに。

待ちきれない私は、十五分まえに待ち合わせ場所の近くまで行き、ショーウィンドウを覗いて次のデートに着る服をあれこれ考えたり、ショップの中の鏡でメイクや髪形をチェックしたりして、時間をつぶしてから待ち合わせ場所に向かうようになった。

卒業後の、最後のデート。待ち合わせ時間は、やっぱり午後七時十五分だった。

家業を手伝うために故郷へUターンが決まっていた彼と、もうしばらく会えない。

ごった返す渋谷《しぶや》駅前の交差点を渡りながら、自分がたったひとり取り残されてしまうようで、たまらなくさびしかった。何を見る気にもなれず、私の足は自然と待ち合わせ場所に向かった。

七時ちょうどだった。

公園通りの交差点で、私は向かい側のショーウィンドウの前に立つ彼の姿をみつけた。

ポケットに手を突っこんで背中を丸める、いつもどおりの仕草。もうずいぶんまえからそこに立っているように見える。私はじっと彼をみつめた。そしてようやく気がついた。

十五分過ぎの約束の意味。

彼はいつも、十五分まえからそこで待っていてくれたのだ。私が遅れてもいいように。私を余裕たっぷりの笑顔で迎えられるように。だから私の手を握る彼の手は、いつもあんなに冷たかったのだ。

涙がこみ上げてきた。

この横断歩道を渡らなくちゃ、彼に会えない。

でも、渡ってしまったら、明日からもう会えないんだ。

信号の青がにじんで溶ける。私の姿に気づいた彼が小さく手を振るのが、かすんだ風景の中に見える。

涙を指先であわてて拭《ふ》いて、思いきって一歩、踏み出した。

あれから何度目かの春。

新しい恋が、始まろうとしていた。

会社の同僚の彼との、初めてのデート。待ち合わせ場所は、私が決めた。

公園通りの交差点、ショーウィンドウ前で十時十五分に。

「十時じゃないの？」

彼は不思議そうだ。私はなんだかくすぐったい気分になった。

十時ちょうどに行って、十五分間待っていよう。心の準備をして、あたたかく彼を迎えられるように。

私は、こっそりそう決めていた。

駅前の交差点の人ごみを急いで突っ切って、公園通りへと急ぐ。

午前十時。

公園通りの赤信号で立ち止まり、私は思わず微笑んだ。

ショーウィンドウの前に、彼が立っている。そわそわと、時計を見たり、ウィンドウを覗きこんで髪を直したりしている。ウィンドウの中には、明るい春の服が並んでいる。

信号が変わる数秒間、待ちきれなかった。

十五分後、あそこに並んでいるワンピースのひとつを着て、彼に見てもらおう。

似合うかな。似合うって、言ってくれるかな。

信号が青になった。

駆け出したい気持ちを抑えながら、私はゆっくりと一歩、踏み出した。

春は、もうそこまで来ている。

窓辺の風景

レストランの大きな窓からは、よく造りこんだ日本庭園が見渡せる。ちょうど窓辺に寄り添うようにして、もみじの木が立っている。きのうの夜遅く降った雨のせいか、葉の赤はいっそう深く、午後の日差しを受けてつややかに輝いている。千代紙を散らしたような華やかな枝葉に、席につくなり母はため息をついた。

「ああ、思い出した。去年も確か、この席だったんだわ。この風景、同じだもの」

向かい側に座った私と彼は、目を合わせて微笑んだ。

母の隣の父がむっつりと応える。

「同じゃないだろ。あれは夏だったじゃないか。もみじがまだ青かったぞ」

「だから、私が言ったんでしょ。『ああ秋にまた来たいな』って。この席、ちょうどもみじのお隣の特等席なのよね。紅葉したらさぞきれいだろうな、って言ったのよ。ね、想像通りだったじゃない」

去年と同じ席に座れたのがよっぽど嬉しかったのか、母は無邪気にスマートフォンのカメラでもみじをパシャパシャと撮っている。

「おい。みっともないからやめろ」

「あらどうして？　いいじゃない、こんなにきれいなんだもの。撮っとかなきゃもったいないわよ」

父はすっかりあきれて、よけいむっつりを決めこんでしまった。私と彼は、顔を見合わせてくすくす笑った。

去年、もみじがまだ青々とした影を窓辺に落としている夏の盛り。私はこのレストランで初めて彼を両親に紹介した。

いつも無愛想な父は、あらたまった場所に母とともに引っ張り出された時点で、なにやら特別な面会であると予感したのだろう、輪をかけて無愛想だった。

母は緊張する私と彼をなごまそうとして、そのときもスマホを引っ張り出し、赤くもないもみじをパシャパシャ撮っていた。そして、出てくる料理一皿一皿に歓声を上げたり、スタッフに日本家屋を改装したレストランについて質問したりと終始にぎやかにふるまってくれた。

私は心の中で母に感謝した。同時に、なかなか彼と目を合わさない父を、ちょっと憎らしくも思った。

デザートも済んで、コーヒーも三杯目が注がれた。これじゃ、何も言わずに帰ることになっちゃうよ。テーブルの下で、私が彼の膝をつつこうとした瞬間。

「お父さん。来年の春に、もう一度ここで僕と会っていただけませんか」

彼が言った。父と母は、同時に顔を上げて彼を見た。父と彼の視線が、その日初めてぴったり重なった。

「花嫁の父と、花婿として」

彼をじっとみつめる父の目が、一瞬、ふっとゆるんだ。

「断る」

父の言葉に、私たちは全員、固まった。彼と私のがちがちになった顔を見て、父は笑い出した。それから実に楽しそうに言ったのだった。

「でもな。親父と息子としてなら、会ってやってもいいぞ」

春。同じレストランで、私たちは結婚披露宴をおこなった。もみじの枝には新芽が芽吹いていた。にぎやかな披露宴では、さすがの母ももみじにまで気がいかないようだった。

お見送りの段になって、彼が私にそっと囁いた。

「秋になったら、またここに帰ってこよう。お父さんとお母さんを連れて」

「せっかくだから、僕が写真撮りますよ。ほら、お父さんお母さん、一緒に並んで」

彼が母からスマホを受け取った。母はいっそうはしゃいだが、父は迷惑そうだ。

それでもシャッターを押す瞬間に、父の無骨な手が母の肩をそっと抱いたのを、私は見逃さなかった。

聖夜、電車に乗って

思い切って、自分にごほうび。

そんな気分で、まえから目をつけていた赤いチェックのウールのコートを買った。

今年一年、なんとか仕事をがんばった。恋だって、遠距離だったけどなんとか続けてきた。

クリスマスまえ、コートに初めて袖《そで》を通してみた。

うん、いい感じ。なかなか、似合う。

ひとりっきりのクリスマスも、これならあったかく過ごせそうだ。

仕事帰りの電車の網棚は、ケーキやらプレゼントやら花束やらで、いつもよりずっとにぎやかだ。私の足もとには、大きな赤い紙袋が置いてある。混雑する車内で、それを踏まないようにと私は必死につり革につかまる。目の前に座っていた細身のスーツのキャリアウーマン風の女性がそれに気づいて、「すみません」と身をよじって紙袋を網棚に上げた。「Happy Christmas」の白い文字。恋人か家族へのプレゼントだろうか。ほんのりうらやましい気分になる。

きっとこの人は、私なんかよりずっと、仕事も恋もうまくいってるんだろうな。

三つ目の駅で電車が停まると、彼女が立ち上がり下車していった。その後ろ姿をなんとなく見送ったあとに、はっとなった。

紙袋。忘れてる。

私はあわてて紙袋をつかむと、閉まりかけのドアから飛び出した。彼女が向かいのホームの電車に乗っているのが見える。電車のドアが閉まり、彼女の姿はあっというまに線路の彼方《かなた》に消えてしまった。

私は仕方なく紙袋を駅に預けた。念のために、と言われて名前と電話番号を残し、ホームに引き返す。

いったい何やってんだろ。

いいことをしたつもりで、余計なことだったかも。

あーあ、やっぱりだめなのかな、私って。今年一年、がんばったつもりでも。

翌日、あの駅から電話が入った。

「紙袋の持ち主のかたが、どうしてもお礼を言いたいとのことで」

夜七時、駅の改札で待っている、とのこと。

お礼なんて、と思いつつ、会社の帰り道、あの駅に私は降り立った。何の予定もないクリスマス。

ほんとは、その事実から逃げ出したかっただけなんだけど。

改札前に、あの女性が立っていた。きりりとしたパンツスーツに細身のコート。やっぱり素敵だ。

ふと見ると、小さな男の子の手をひいている。会釈をしながら私が近寄ると、

「ああ、あなただったんですね。覚えています、そのコート。素敵だな、って見てたから」

と笑顔になった。そして、隣でもじもじしている男の子に、おだやかな声で言った。

「ほら、このお姉さんが、健太《けんた》のプレゼントを運んでくれたんだよ。よ

かったね」

ああ、きのうの紙袋は、この子へのプレゼントだったんだ。男の子は、ぺこりと頭を下げた。

「いつも仕事が忙しくって、この子になんにもしてやれなくて。クリスマスイブくらい、急いで帰ろうと思ってこの始末です。でも、よかった。あなたのご親切で、この子は泣かずにすみました」

そう言われて、胸の中がぽっとあたたかくなった。

男の子はちょっと恥ずかしそうにつぶやいた。

「ありがとう、サンタさん」

お母さんと男の子は、何度も振り返って手を振りながら、駅の改札の中へ消えていった。


帰りの電車に乗りこんで、暗い窓に映りこむ自分をみつける。くすぐったい気分で、ふふっと笑う。

うん、いいじゃない。けっこう、似合う。

赤いチェックのコートを着たサンタクロースを乗せて、クリスマスの夜を電車が走り出す。

ささやかな光

一年のうちで、いちばん忙しい日。いちばん一生懸命で、充実感のある日。そしてちょっぴりさびしい日。

それが私のクリスマスだ。


二年まえの春、パティシエの道に飛びこんだ。

地元の大学を卒業、地方銀行の一般職に就職。何不自由ない実家暮らし。順風満帆、青空いっぱいの人生を歩み始めていた。

なのに突然、私はそのすべてを捨ててしまった。理由は明快だった。「人生で、ほんとうにやりたい、たったひとつのこと」に気づいてしまったのだ。

　子供の頃から大好きだったお菓子づくり。どんなに残業があろうと、帰宅して夜十時から「さあ作るぞ」と取りかかる。

「休みの日だけにすればいいのに」と母があきれてため息をついても、「お前の晩飯は、またシュークリームか」と父に小言を言われても、お構いなし。だって、何より好きだから。

　ケーキを作っているときが、いちばん自分に戻っている気がする。忙しくたって、ちょっと人間関係に疲れてたって、大丈夫。お菓子を作ってさえいれば、むくむく元気が湧いてくるんだから。

　二年まえのクリスマスイブ。翌日のホームパーティーのために、私は特大のクリスマスケーキを作っていた。

真夜中の、静まり返ったキッチン。スポンジに生クリームを塗って、最後に真ん中に真っ赤なイチゴをぽつりと置いた瞬間、突然気づいてしまった。

どうしてこんなに好きなことがあるのに、私はそれを人生の真ん中に置こうとしないんだろう？

真っ赤なイチゴは、私の心に灯った、ささやかだけれど確かな光だった。

今の仕事を辞めて東京へ出る、という私の決意に母は黙りこみ、父は猛反対だった。

父は、私が安定した生活を捨てること、家族の下から離れることにどうしても納得できないようだった。私は一晩中、父に語りかけた。どうしても、わかって欲しかった。父はむっつりと聞いていたが、やがて立ち上がると、後ろ姿で小さくつぶやいた。

「勝手に行ってしまえ」

いつも元気よく話し、大声で笑っている父。幼い私を広い背中におぶって、どこまでも歩いてくれた父。その父の後ろ姿が、力なくドアの向こうへ消えていった。


ふるさとに一方的に別れを告げて、私はひとりで上京した。

憧《あこが》れのパティシエのアトリエのドアを何度も叩《たた》き、ようやくスタッフになった。朝三時起きで厨房の掃除。買い出しや店頭での販売をして、なかなかケーキ作りに参加できない。去年のクリスマスシーズン、ようやく下地づくりとトッピングを任された。

嬉しくて、必死になった。ルビーのように輝くイチゴを、ひとつひとつ、心をこめてのせていった。

このケーキが、全部売れますように。クリスマスの日、店頭に立って、汗をかきながら接客した。

結局売れ残ってしまったケーキを、パティシエが「来年は完売目指すぞ」と言いながら、渡してくれた。深夜に帰宅してケーキの箱を開け、ひとりぼっちのクリスマスをした。

みんな、どうしてるかな。

家族の顔が目に浮かぶ。一人前《いちにんまえ》にケーキを作れるようになるまで、帰らない。そう決めていたけど、ほんとうはさびしかった。

今年もクリスマスシーズンがやってきた。

「今年のショートケーキ、作ってみろ」

パティシエにそう言われて、一気に緊張した。初めて全部任されたのだ。

出せる力のすべてを注いで、作るんだ。そしてもし、完売したら。

ふるさとに帰ろう。そう決めた。

クリスマスの日、店頭に立った。ひとつ、ふたつ、私のケーキが売れていく。

「完売しそうだな」

パティシエが私の肩を叩いた。

夕方、いちばん売れる時間。突然、私のケーキの売れ行きが止まった。閉店時間が近づいてくる。私は焦った。このままだと、売れ残ってしまう。あと十分。まだ十ピースも残っている。私は祈るような気持ちになった。

「ケーキいただけますか」

聞き覚えのある声がして、私は顔を上げた。

まぶしいショーケースの向こうに、父が立っていた。私と目が合うと、ひとつ咳払いをして、目を逸《そ》らした。私はあわてて返した。

「どちらになさいますか」

父は、まぶしそうにケースを眺めていたが、やがてふっと笑顔になって言った。

「このイチゴのやつ、全部ください」

私は大きな箱に、十個のショートケーキを、ひとつひとつ、ていねいに並べる。胸がいっぱいになってくる。ふと、父の声がした。

「ひとつだけ、別の箱に入れてくれますか」

大きな箱と、小さな箱。ふたつの箱を差し出すと、それを受け取った父は、小さな箱を私の目の前にぶっきらぼうに突き出した。

「ほら、お前の分。いい加減に帰って来い」

ドアの向こう、暗い通りへ出て行く父の背中が、じんわりとにじんで見えなくなった。

小さな箱の片隅に、ぽつんと座った、たったひとつのイチゴのショートケーキ。
その夜、私の心を灯すささやかな光になった。

花、ひとつぶ

バスルームの洗面台に、エニシダの小さな鉢植えが置いてある。

小窓から入る朝日を頼りに、春になるたび黄色い花を健気に咲かせ続けてきた。

この春で、七回目。はっきり覚えているのは、ふたり暮らしを始めた日、彼がこの鉢植えを大切そうに抱いてやってきたから。

「何それ。怪しい」

洗面台にいそいそと鉢植えを置く彼の背中に、私はいきなり嫌疑をかけた。

だって変じゃないか。男ひとり暮らしの部屋に、エニシダの鉢植えがあったなんて。

「元カノにでも、もらったの？」

「違うよ。さっきここに来るとき、バス停のまえに花屋があったから、つい買っちゃったんだ」

彼は振り向かずに応えた。

「ふうん、そうなんだ」

まだ不満そうな声を、つい出してしまった。

狭苦しい洗面台の上、せっけんの横にエニシダの場所を作って、彼はしげしげと眺めている。

「せっかく買ってきたんなら、リビングに置いたらいいじゃない。何もそんなとこに置かなくったって」

後ろめたいことがあるから、地味なところに置くんじゃないの？　私はあくまでも「元カノとの思い出の一鉢」路線を追及したい気分だった。

「いや、ここがいい」

と、彼は洗面台の方を向いたままで言う。

「なんかさ。洗面台って、いいじゃん？　ふたつハブラシ並んでさ。せっけんの匂いがして、よれたタオルがかかってたりして。見るたびに、感じられる気がするんだ。おれたち、一緒に暮らしてるんだな、って」

ようやく振り向いた彼は、少し照れくさそうな笑顔だった。

「ふたりの暮らしを、エニシダ《こぃっ》にずっと見てて欲しいな、なんて」


あれから、七年。確かに、鉢植えはずっと私たちの暮らしを見守ってくれた。というよりも、あきれて傍観していたに違いない。

ふたりはケンカばかり。私が泣きながら部屋を飛び出すこともしょっちゅうだった。なんでこんなやつと暮らしてるんだろう、と自分のセンスを疑った。そのくせ、いつプロポーズしてくれるのかな、と待ちわびている自分にも気づいていた。

七年も一緒に暮らしていると、「結婚」というたった二文字を口にするのは難しいんだろうか。三十代も半ばにさしかかって、私は焦り始めた。そして、密かに決意した。

今度、エニシダの花が開くまでに、彼が結婚のことを言い出さなかったら。

私が自分から言い出せばいいんだ、と。

冬の終わり、歯を磨くたびに、私は自分に呪文のように語りかけた。

今度こそ、すなおになれるように。

それなのに、あたたかな春の宵《よい》、特大のケンカをしてしまった。

エニシダの花が、ひとつだけ開きかけたのをみつけて、よし、と決心して彼に話しかけた。結婚しよ、と言おうと思っていたのに、話がどんどん逸れて、「あたしと結婚するつもりなんか、全然ないのね⁉」と、逆のことを言って、部屋を飛び出してしまった。

こんなふうじゃ、結婚なんてきっと無理なんだ、私たち。

いつも逃げこんでいる女友だちの家に泊めてもらって、翌日、肩を落としながら暗い部屋に帰った。彼は、今日も残業のようだ。

帰ってきたら、なんて言おう。

バスルームの明かりをつける。洗面台の鉢植えを見る。花にも彼にも謝りたい気分だった。

エニシダの花が、いっせいに開いている。その一枝に、きらめく光の粒が留まっているのを、私はみつけた。そして、目を疑った。

小さな、ダイヤモンドリングだった。

鉢植えの下に、カードが挟んである。彼からの、メッセージだ。

もう一度この花が咲くまでに、結婚しよう。

リングを枝から抜き取りかけて、そっともとに戻す。

エニシダの枝から、私の指へ。

この花をひとつぶ、移すことができるのは、世界中にたったひとり。

彼、だけだから。

薬指の蝶々

彼と駅前で待ち合わせして、エンゲージリングを買いにいく。その道々、なんと私は道端でコケて、一瞬気を失ってしまった。

気がつくと、おでこにはでっかいタンコブがのっかっていて、私は救急車に乗っけられていた。

「まったく。スキップでもしてたの?」

彼があきれ気味に言う。

「そんなわけないでしょ」

私はむくれて返したが、実は自信がなかった。相当浮かれていたから、もしかするとスキップくらいしてたかもしれない。

お式の前だし、打ち所が悪かったら大変なことになる、と検査も兼ねて三日間の入院となった。

「あらあら、おっきなタンコブ。どうなさったの」

隣のベッドの、やはり検査入院中の老婦人に聞かれてしまった。私は苦笑するほかない。

「道端でコケちゃって。お恥ずかしい」

「まあ。急いでたの?」

「いえ、浮かれてたんです」

彼が口を挟んだせいで、浮かれていた理由も話すことになってしまった。

「それはおめでとうございます。お式までに治るといいわね。おまじないしましょうか」

老婦人は私の枕もとまでやってきて、タンコブの上に手をかざした。

「こうやってね。……ひっこめひっこめ、痛いの飛んでけ、って」

私は目を閉じた。ほんのり微笑が浮かぶ。

幼い頃、田舎のおばあちゃんのところへ遊びにいって、タンコブを作るとこんなふうにおまじないしてくれたっけ。

私は心優しい老婦人のことを、敬意をこめて、おばあちゃま、と呼ぶことにした。

私とおばあちゃまは色々な話をした。どちらかと言うと私のほうがたくさん話していたと思う。もうすぐ式だという喜びと、浮かれてコケてしまった恥ずかしさと、大事な時期に入院してしまった後悔と。ごちゃまぜな気分が、私をいっそう饒舌《じょうぜつ》にした。おばあちゃまはそのあいだじゅう、やわらかな微笑みを浮かべて耳を傾けてくれた。

ほんとうにひとりぼっちだったら、三日間は長く感じられたに違いない。けれどおばあちゃまがいてくれたおかげで、あっというまに過ぎてしまった。

退院の前夜、彼が来てくれた。けれど「仕事の途中だから」と、あっけなく帰ってしまった。不満というより不安になった。

「結局、エンゲージリングもまだ買えてないし。こんなあわてんぼうで、ほんとに結婚できるのかな、って」

つい愚痴《ぐち》ってしまった。おばあちゃまは静かに微笑みながら言った。

「大丈夫よ。たった一本の糸でも、気持ちはつながるものだもの」

そして、大好きな人の話をしてくれた。

それは、かつての裁縫学校の同級生で、今はだんなさまになった人。戦後、裁縫を勉強している男子は珍しかった。スーツ職人になって、いつか英国へ行く。それが彼の夢だった。一緒について行きたいと、おばあちゃまも夢を見た。

あるとき、彼が小さな布張りのケースを目の前に差し出した。

もしや、プロポーズ？

ときめくおばあちゃまがケースの中にみつけたのは、赤い木綿《もめん》の糸が巻きつけられた、小さな銀色の糸巻き。

結婚指輪はまだ買えないけれど、あなたの薬指に結んでもいいですか。

彼の言葉と、薬指に留まった小さな赤い蝶々。嬉しくて、その夜は眠れなかった。

「結婚して今年で五十年。結局、本物の指輪は買ってもらえなかったのよ。あなたの彼とは違って、ちっともここに顔を出してもくれないし」

そう言いながらも、実に楽しそうだった。

退院の朝、彼が迎えに来てくれた。私とおばあちゃまは連絡先を交換したり、手を握り合ったりして、別れを惜しんだ。

「タンコブ、消えたわね。お式の写真、送ってちょうだいね」

ほんとうの孫娘との別れのように、おばあちゃまは最後に、私の背中をぎゅっと抱きしめてくれた。

病室を出てすぐ、老紳士とすれ違った。仕立てのいいスーツに、真っ赤な蝶《ちょう》ネクタイ。ピンク色のバラの花束を抱えて、少し緊張気味に病室へと入っていく。赤い糸の君だ、とすぐにわかった。

「さてと。このまま行くか。リングを買いに」

病院を出ると、彼が元気よく言った。私は、ふふっ、と肩をすくめる。

「そのまえに、手芸店に寄りたいんだけど」

「え。何それ?」

「いいからいいから」

幸せの赤い蝶々が、私の指にもとまりますように。

今夜は私も、眠れそうにない。

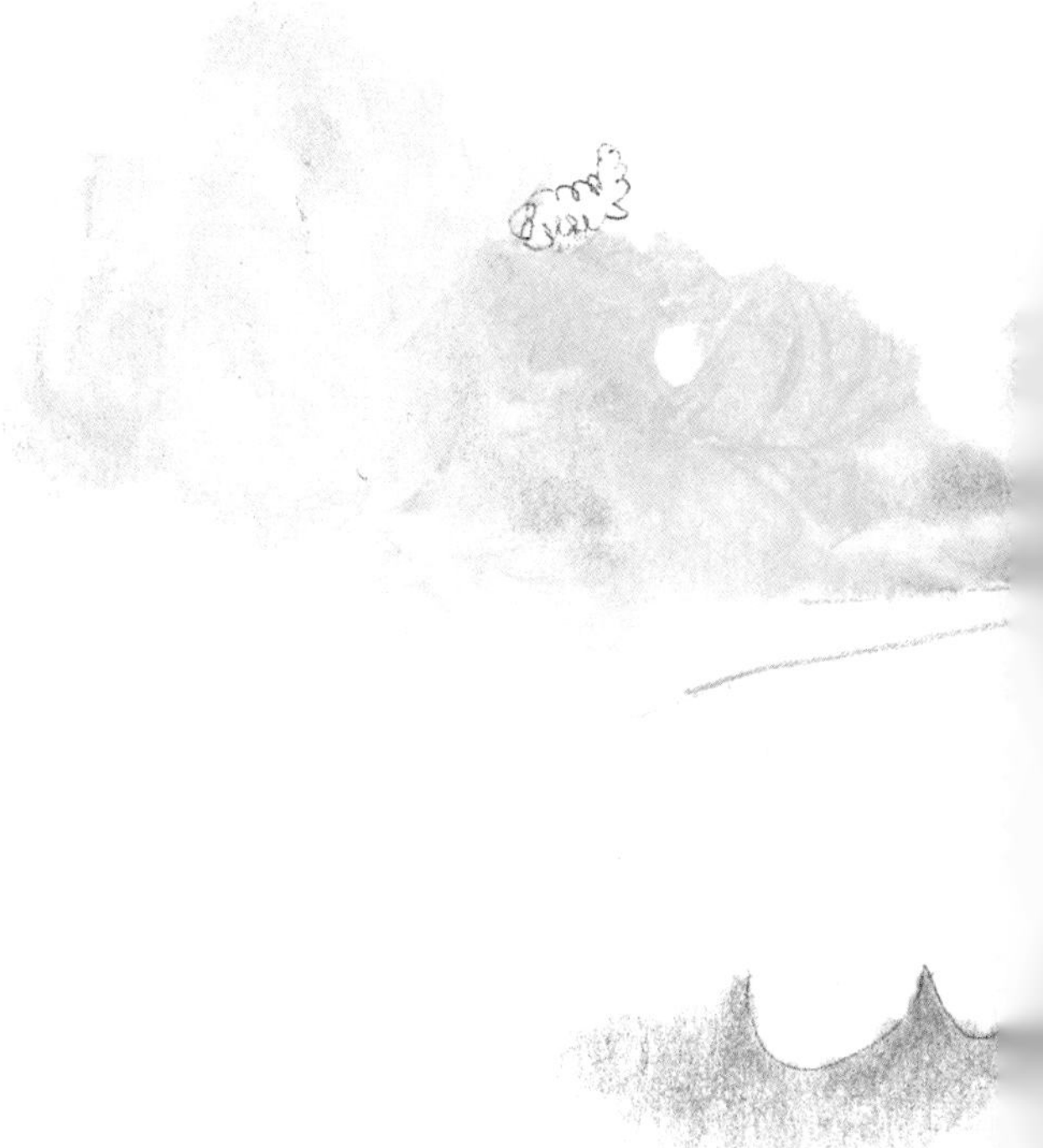

な が れ ぼ し

あのね。赤ちゃんができたの。

どのタイミングで言おうか、と思っていた。けれど、電車に乗って、座席に落ち着いて、電車がごとんと動き出したとき、もう、待ちきれなくなった。

午後四時ちょうど、浅草《あさくさ》駅発、東武鉄道の特急「きぬ125号」鬼怒川《きぬがわ》温泉行き車内。私が窓側に、志朗《しろう》が通路側に座っていた。発車してすぐ、電車はゆっくりと隅田川《すみだがわ》にさしかかった。川面《かわも》に映された夕焼け空の真ん中を、一艘《いっそう》の船が切り裂《さ》いて進んでいくのが見えた。わあきれい、と私は、思わず歓声を上げた。

隅田川の上を通過していたのはものの十秒くらいだった。そのあとすぐに、私は、志朗のほうを振り向くと、言ったのだった。

「あのね。赤ちゃんができたの」

志朗は、とてもおもしろい顔になった。聞いたことのない言葉を、初めて耳にした。見たことのない花を、たったいまみつけた。とてもお腹がすいていたところに、世にもおいしそうなシチューの皿が登場した。無防備に顔を輝かせてしまう、少年のような表情になった。

「……ほんとに？」

志朗は、いまにもくしゃみが出そうな、むずむずとした声で訊《き》いた。

「うん。ほんとに」

私は、志朗の顔がおかしくて、いまにも噴き出してしまいそうになるのをぐっとこらえて、うなずいた。

「三ヶ月目に入るところだって」

むずむず、むずむず。志朗は、何か言いたそうにして、何も言葉が出てこない、という感じだった。私は笑いをかみ殺して、まるで太陽が昇るように志朗の顔に光が射すのを、その表情の変化を、心ゆくまで楽しんだ。

「あの……あのさ、流里《るり》。お願いが、あるんだけど」

電車が大きくカーブする。東京スカイツリーが目前に迫ってきた。

「あっ、見て見て。すごいよ、スカイツリー。大迫力！」

私は、スマートフォンを取り出して、大急ぎでシャッターを切った。スカイツリーは、私たちの目前をあっというまに通り過ぎた。

「うわっ、ほんとだ。すげえ」

志朗が身を乗り出した。その拍子に、両腕で、私を背中からすっぽりと包んだ。

窓から後ろを振り向くと、巨大なタワーは茜空に悠々と佇《たたず》んでいる。わあ、すごいすごい、とはしゃぎながら、私はスマートフォンのシャッターを押し続けた。志朗は、じっとしたまま私の背中を抱きしめて、言った。

「お願いがあるんですけど、流里さん？」

私は、くすっと笑って、「はい、なんでしょう？」と訊いた。

「おれ、流里のお腹の赤ちゃんの、お父さんになってもいいですか？」

私は、肩を小さくすぼめた。そして、返した。

「私のほうこそ、お願いです。どうか、いいパパになってください」

私を抱きしめる志朗の腕に、力がこもった。いとおしさと、うれしさと、感動とが、あたたかな熱波になって、志朗の腕から私の身体《からだ》へと、静かに押し寄せてきた。

志朗と私は、大学時代の同じゼミ仲間で、かれこれ七年以上も付き合っている。二十歳のときに出会って、なんとなく会話をするようになり、いつのまにか付き合い始めた。特にドラマティックな出会いではなかったし、「付き合ってほしい」と言われたわけでもない。初めてのデートも、初めてのキスも、何もかもが、すべて自然の成り行きでそうなった、という感じ。

志朗と一緒にいることは、私にとって、ごく自然なこと。彼は、空気のような、水のような存在。いつもそばにいてくれることを、特に意識するわけではないが、なくなったら困る、ほんとうに困る。そういう人なのだった。

だから、いつかこの人と結婚して、いつか子供ができて、ごく自然に、お父さんとお母さんになるのだろうな、と漠然と思い描いていた。

とはいえ、さすがに結婚を決めるときは、それなりのプロポーズの言葉なんかあるのだろうな、と考えていた。気がついたら、いつのまにか彼の奥さんになっていた、なんてこと、あり得ないだろうし。

でもまあ、あれっ？　と思ったら、婚姻《こんいん》届にサインしていた……ってなことは、あるかもね。それはそれで、愉快だな。

そんな想像をして、楽しんでもいた。

本音を言うと、できればそんな感じで、大げさでなく、ごくごくジミ婚にしてしまいたい。

というのも、いざ結婚、ということになった場合、志朗と私、釣り合わないいんじゃないかなあ……と、わかっていたから。

志朗は名古屋の出身で、実家は代々続く質屋さんを経営している。最近は多角経営でリサイクルショップの展開などもして、地元では有名な資産家なのだ。

専業主婦の鑑《かがみ》のようなお母さんと、「名古屋嬢」を絵に描いたような、まだ独身のお姉さん。広い庭付きの大きな家に住み、芝生が青々とした庭には大きな池があって、立派な錦鯉《にしきごい》が泳いでいる。テラスには白いテーブルと椅子《いす》、そこに座る私たちのために、お母さんが焼いたパウンドケーキを、お姉さんが楚々《そそ》として運んでくれた。おととし、初めて志朗の実家に遊びにいったときのことだ。

「はい、これ、お母さんが焼いたのよ。志朗がカノジョを連れてくるからって、お母さん、はりきって作っちゃってね。たくさん食べてね。流里ちゃんのために、お母さん、手作りしたんだからね」

ロイヤルコペンハーゲンの白磁《はくじ》のティーカップに紅茶を注ぎながら、お姉さんが言った。

「なんだよ、志保《しほ》ちゃん。お母さんが作ったって、いま三回も言っただろ。なんか、恩着せがましいよなあ」

志朗が茶化したように言った。志朗は、お姉さんのことを「志保ちゃん」と呼んでいるようだ。この姉弟、とても仲がよさそうだ。

「あら、だってほんとのことだもの」志保さんは、つんとして言い返すと、

「ねえ、流里ちゃん。ところで、ご出身はどちら？」

いきなり、こっちに振ってきた。弟が初めて家に連れてきたカノジョに、興味津々、好奇心を全開にしている。

「あ、横浜の、戸塚《とつか》というところです」と答えると、

「へえ、浜っ子なんだ。ご両親も浜っ子？」さらに突っ込んでくる。

「いいえ、両親は違います。父は茨城で、母は栃木のほうの出身です」

「あら、そう」心無しか、つまらなさそうな声を出した。

「お父さまは、どんなお仕事をされてるの？　お母さまは？」

私がとっさに答えられないのを見て、「ちょっと、志保ちゃんさ」と、志朗が口をはさんだ。

「おれたち、ここに来てまだ十分も経ってないのに、いきなりあれこれ質問攻めにするのって、どうよ？」

志保さんは、眉根を寄せて、「何よ。訊いちゃいけないの？」と、すぐにやり返した。

「いいんです、いいんです。訊いてください」私は、思わず割って入った。

「あの、実は……私、父も母も、いないんです」

言いにくいことだったけど、このさき、志朗の実家とお付き合いすることになれば、いずれわかることなのだからと、私は勇気を出して打ち明けた。

「両親は、私が高校生になったとき、離婚しました。私は、父と一緒に暮らしていたんですが、父は……私が社会人二年目に、病気で他界しました」

たちまち、志保さんが、いかにも気の毒そうな表情を作って「えー、そうだったのぉ……」と、気の抜けた声を出した。

「ごきょうだいはいないの？」

「はい、私、ひとりっ子だったんです」

「ご親族とかは？　おじいちゃまや、おばあちゃまは？」

「父方も母方も、祖父母は早くに他界して……おじいちゃんやおばあちゃんにかわいがられた記憶も、あまりないんです」

あらあ、と志保さんは、少々おおげさなリアクションだった。

「やだ、かわいそう。じゃあ流里ちゃん、ほんとにひとりっきりじゃない。ちょっと志朗、あんた責任重大よ。流里ちゃんにさびしい思いをさせたら、絶対にだめよ。

わかってるんでしょうね？」

「わかってるから、ここに連れてきたんじゃないかよ。ったく、余計なお世話だっつうの」

志朗は、ちょっと不機嫌そうに言った。

「余計なおせっかいもしたくなるってもんよ。流里ちゃん、この子ね、なんかちゃんとしてないっていうか、のんびりしてるところあるじゃない？　せっかくカノジョを家に連れてきても、そのあと適当に流しちゃうようなヤツだからね……気をつけなくちゃだめよ」

妙なアドバイスをされた。志朗は、いよいよむくれて、

「だからそれが余計なお世話なんだって」

「いいじゃないの、これがあたしのキャラなんだから。ね、流里ちゃん、ケーキ召し上がれ。いま、うちの母も来るから。志朗のことなんかいいから、女子同士で盛り上がりましょ」

あくまでもマイペースでどこにも遠慮がないお姉さんに、少々面食らったが、お母さんはそれに輪をかけてマイペースな人だった。なるほど、志朗がマイペースなのも、この家庭環境で育ったからなのだなと、納得した。

何不自由ない生活を営む一家の、独特の「天然な」感じ。なんの悪気もないけれども、他人のデリケートな部分に、つかつかと入ってきて、自分たちが満足のいくまでかき乱し、何事もなかったように引き上げる。志朗のお母さんとお姉さんは、そういうタイプの人たちだった。

志朗との結婚を漠然と思い描く中で、そうなればあの人たちと親族になるのだというのが、何かとても不思議な出来事のように感じられた。

志朗のお父さんも、お母さんも、お姉さんも、いい人たちだ。私を受け入れてくれる感じもしている。

でも、ほんとうの本音のところは、わからない。

親も親戚もいない、天涯孤独の女の子を嫁に迎えるのは、資産家である志朗の実家にとって、いいことなのか、悪いことなのか……。

志朗の口から、なかなか「結婚」のふた文字が出てこないのも、実家のせいなのかな、と思うこともあった。

なんの後ろ盾も資産も特技もないような子を、何もわざわざお嫁さんに迎えなくたって……というような、家族からの暗黙のプレッシャーが、志朗にあるのだろうか。

そんなふうに考えないこともなかったが、志朗は、相変わらずひょうひょうとして、かといって私を邪険に扱うこともなく、あくまでもやさしく、ゆるく、おだやかなのだった。

私も、そんな彼とゆるゆるとはてしなく付き合っているのが、心地よくもあった。

私たちはふたりとも、都心の会社に勤務して、金曜日の夜に、どちらかの部屋へ行き、週末は一緒に過ごす、というような生活になっていた。

志朗は、私が彼のマンションを訪ねれば、料理も作ってくれるし、ふだんから家事全般もきちんとこなせる、なかなかできた男子だ。私たちは、お互いまったく違う業種の仕事をしていて、だからこそ、会社での悩みを打ち明けたり、取るに足らない愚痴なども心置きなく言えたりするのだった。

結婚するなら、志朗以外には考えられない。

だけど、自然体で付き合い続けてきたせいか、なかなか具体的な話に発展することはなかった。

そのうちに、私のほうでも、まあそのうちにどうにかなるのかな、と、気負わずにそのときを待つ気持ちになってきた。

気がついたら婚姻届にサインしていた……とか、まあ、そんな感じで。

私たちは、きっと、それでいいんだ。そういう感じが、いいんだ。

そんなふうに思い始めた。

その矢先のことだった。私の中に、新しい命が宿ったのは。


私たちを乗せた特急は、午後六時前に鬼怒川温泉駅に到着した。

ホームに下りると、ひんやりとした空気が心地よい。十月上旬、東京ではまだまだ暑い日が続き、いいかげん秋がきてほしいとうんざりしている時期だった。

その年の夏は、ことさら暑かった。実は妊娠していたこともあったからだろう、私は夏バテでぐったりしていたのだが、志朗が気をきかせて、一泊二日の温泉旅行を計画してくれたのだった。

旅行を一週間後に控えて、どうも体調が芳《かんば》しくなかったので、もしやと思い、産婦人科の診察を受けた。妊娠されています、の医師のひとことに、驚きと、戸惑いと、最後に喜びがこみ上げた。

お母さんになるんだ。そして、志朗はお父さんに。

ゆるゆると付き合ってきた私たちは、思ってもみないかたちで、結婚に踏み切ることになった。

電車の中で、丸二時間、私たちは、結婚について具体的に話し合った。

志朗は、意外にも冷静に、結婚式の日取りや、披露宴の会場や、招待客などについて、あれこれと意見を述べた。スマートフォンを取り出して、大安カレンダーをチェックしたりもした。そして、「実は、そろそろ、結婚の話を切り出そうと思っていたんだ」と。

「だけど、おれたち、あまりにも自然にここまできたからさ。……結婚してほしい、ってひと言が、なかなかスムーズに出てこなくって」

ちゃんと考えてくれてたんだ、とうれしくなった。

私たちは、鬼怒川温泉駅前のロータリーに出た。どこかから、虫の音が聞こえてくる。東京でも虫の音は聞こえ始めていたが、建物が密集していない場所にくると、その音はいっそうさわやかに耳に響いた。

志朗が予約してくれていた大型旅館は、駅からタクシーでほんの五分の場所にあった。短い移動の車内で、志朗は、大切な宝物でも握るかのように、ずっと私の手を握っていた。

チェックインを済ませて、ベルボーイが部屋まで荷物を運んでくれた。

「まもなくお部屋の担当が参りまして、お茶のご準備をいたします。ごゆっくりおくつろぎください」

そう告げて出ていった。

部屋は八階にあり、鬼怒川に面していた。窓辺に立つと、山のシルエットが、月のない夜空にうっすらと浮かんで見えた。

私の後ろに、志朗が寄り添った。電車の中でそうしたように、両腕ですっぽりと私の身体を包み込み、ぎゅっと力をこめて抱きしめた。

「なんか、おれ、すっごい幸せ。ありがとな、流里」

とてもシンプルな、でもしみじみとあたたかな言葉が、胸にすうっとしみ込んできた。私のほうこそ、志朗の腕の中で、溶けてしまいそうに幸せだった。

コンコン、とドアをノックする音がした。私たちは、あわてて身体を離し、座卓の前へ移動した。「はい、どうぞ」と志朗が返事をすると、「失礼します」とドアが開いて、着物姿の仲居さんが現れた。

仲居さんは、座卓近くに正座すると、畳に両手をついて、深々と頭《づ》を下げた。

「ようこそお越しくださいました。本日担当させていただきます、津田と申します。どうぞよろしくお願いいたします」

ていねいに挨拶《あいさつ》をして、顔を上げた。その瞬間、あっと声を上げそうになった。

仲居さんのほうも、私の顔を見て、はっと息をのんだ。

仲居さんと、私と、お互いの顔をみつめ合って、しばらくのあいだ、絶句した。

ただならぬ雰囲気に気づいた志朗が、きょとんとして、私の顔を眺めている。

栗色に染めた髪を結い上げ、細い身体に紺色の着物をきちんと着た、初老の仲居さん。

その人は、私の、母だった。


ときどき、ほんのときどきだけれど、母のことを思い出すことがあった。

私の母は、喜怒哀楽の激しい人だった。

泣いているお母さん。何がそんなに悲しいのだろう、わんわん、声を放って泣いている。

流里ちゃん、流里ちゃん、お母さんもうやだ、お父さんと一緒にいるのもうやだ、と、幼い私を抱きしめて、どうしてそんなにいっぱい涙が出るの？　というくらい、夢中で泣いていた。

怒っているお母さん。なんで、どうしてわかんないの。私、こんなに必死に描いてるのに。私のことを認めない世間のほうがダメなんだ。愚痴を言いまくって、描きかけのカンヴァスに、絵の具をぐちゃぐちゃに塗りたくって、せっかく完成間近の作品をだめにしてしまった。

笑っているお母さん。あはは、ははは。もう最高。流里ちゃん、ちょっと流里ちゃん、もう一回、それやってみせて。そうそう、回って、回って、ダンス、ダンス。上手、上手。おもしろいわあ。ねえ、あなたきっと大きくなったら、女優になれるわよ。

父は、人気イラストレーターで美大の教授。母は、父の生徒だった。私がお腹にできて、ふたりは結婚した。母は私を育てながら、自宅のアトリエで絵を描いていた。ものにならない絵を。

父も、母も、子供の私の目から見て、とても奔放《ほんぽう》な人たちだった。父にはいつも別の女の人の影がつきまとっていた。だからかどうかは知らないが、母の描く絵は、何かどろどろとした抽象画で、あまり幸せな感じの絵ではなかった。子供の私には、よくわからない絵だった。

両親がそんな感じだったからか、むしろ私はごくふつうに、まっとうに育ち、会社勤めをする心やさしい男性と結婚して、エプロンの似合うかわいいお嫁さんになるのが夢だった。子供が大好きだったので、保育士になってもいい。自分の子供は三人くらいほしいなあ、という感じで。

少女の頃に将来の夢を母に訊かれて、お嫁さん、と答えたら、なぁにそれ、つまんない、と、ぶすっとされた。母は、私に忠告した。だんなさんに頼るお嫁さんになんかなっちゃだめだよ。私は、自分の夢が否定されたようで、なんだか悲しかった。

そんな母と、別れのときが訪れた。

高校一年生の春のこと。学校から帰ってくると、母が駅の改札で私を待っていた。そんなことは一度もなかったので、不審に思ったが、「ご飯食べにいこう」と誘われて、私たちは駅前商店街の洋食屋に入った。

食事をしているあいだじゅう、母は無言だった。何かとてつもないことを言い出しそうな、不穏な気配があった。私はオムライスを食べていたが、味がよくわからなかった。ちっともおいしく感じなかった。

あのね流里。お母さんね、お父さんと離婚することにしたの。

私がスプーンを置くのを待って、母が切り出した。

やっぱり、と私は思った。近々そんなことになるんじゃないか、と察知していたのだ。

ふうん、と私は、いかにも興味なさそうな声を出した。

そうなんだ。ふたりで決めたことなんだから、いいんじゃない？

思春期を迎えた私は、両親の仲がしっくりいっていないことに、とっくに気づいていた。

私が一ミリも動じないのを見て、母の顔に戸惑いが走った。強気の表情が、見る見る崩れていった。

母は、頼りなさそうな、消え入りそうな声で尋ねた。

ねえ流里。流里は、お父さんと、お母さんと、このさき、どっちと一緒にいたい？

私は、ケチャップでピンク色に染まった白い楕円《だえん》の皿の上を、一点に凝視して、答えた。

お父さん。

強い反発心が、私の中ではぜていた。母に意地悪を言ってやりたくて、私はとっさに母の顔を見ずにそう言った。

しばらくして、細いため息が聞こえてきた。

そう。わかった。じゃあ、お別れだね。

母は立ち上がった。伝票をつかむと、うつむく私に向かって、元気でね、と言った。そして、早足でレジに向かった。

しばらくして、ありがとうございました、と店員の声が聞こえて、入り口のドアが開き、商店街の喧噪《けんそう》が店の中に流れ込んだ。ドアが閉まると、もとどおり、イージーリスニングのBGMが流れる静かな店内に戻った。

それっきり、母は、私の目の前から消えてしまった。


座敷に敷かれたふたつのふとんに、志朗と私、並んで横になった。

「お腹の子に障るといけないから、今日はガマンするよ」と志朗は笑った。私が横になるのを見届けると、電気のスイッチを切り、自分のふとんに入った。

とても静かだ。少し開けた窓から、ひんやりとした夜気が忍び込んでくる。遠くに虫の音が響いている。

川沿いに、電車が走っていた。その細長い光が、闇の中をするすると走るのが窓から見えた。夜十時を過ぎてからは、電車の往来も止《や》んだ。

思いがけず、母と再会してしまった私の心は、ちりぢりに乱れていた。

十五歳のときに別れてから、十二年ぶりに会った母は、ずいぶんやつれて、貧相な感じになっていた。それでも、きっちりとした髪型や、しっかりメイクをしているところなど、おしゃれで、自分の装いにはいつも気を遣っていた母らしかった。

私たちは、出会った直後、しばし言葉をなくしてみつめ合ったが、母のほうが、こわばりつつも笑顔を作って、

「鬼怒川は、初めてですか?」

と、問いかけてくれた。まるで、一期一会の客人に接するかのように。

「ええ、初めてです。意外に、東京から近いんですね」

私がもじもじしていたので、志朗が代わりに答えてくれた。

「そうですか。まあなんにもないところですけど、温泉は抜群ですので、どうぞのんびりなさっていってくださいね」

母はさりげなく言うと、「こちらにお名前、ご住所、お電話番号をご記入いただけますか」と、宿帳を差し出した。

志朗はボールペンでそこに「塚本《つかもと》志朗」と名前を書き、その後に「・流里」と書き添えた。そして、聞いてほしくてたまらない、といった調子で、言った。

「実は、子供ができまして、僕ら、結婚することになったんです。今回は、その記念の旅行なんです」

まあ、と母が声を上げた。そして、私の顔を見た。私は、目を合わせられなくて、いたずらをみつかった子供のように、小さくなってうつむいた。

「それは、それは。おめでとうございます。二重のおめでたですね。その記念すべき宿に、こちらを選んでいただきまして、私どももうれしく存じます」

母は、ふいに顔を輝かせて、畳に両手をつき、深々と頭を下げた。私も、小さく頭を下げた。消えてしまいたいような気分だった。

「では、のちほど、お食事の準備に参ります。お時間は七時で承《うけたまわ》っています。それまで、ごゆっくりおくつろぎください」

母は、志朗と私、両方の顔をみつめて、もう一度頭を下げ、部屋を出ていった。

「もうっ。なんであんな余計なこと言うのよっ」

私は、ふくれて言った。ほんとうに余計なことだった。よりによって、十二年ぶりに再会した母に、私が妊娠していることを、こんなかたちで伝えられようとは。

「ごめんごめん。いや、うれしくってさ。誰かに、すぐに伝えたくって……」

志朗は頭を掻いた。

なんとなく、あの人が母親であることを、志朗に伝えるタイミングを逸《いっ》してしまった。

夕食のしたくのために、再び母がやってきた。温泉宿によくあるタイプの懐石料理だったが、私のほうにはメロンとイチゴのフルーツ皿がついていた。ピンク色のランの花が飾ってある。

「これは、女将よりお祝いです。元気な赤ちゃんが生まれますように」

そう言って、母は、私の目を見た。子供の頃には見たこともなかったような、やさしさに満ちたまなざしで。

結局、彼女が母であることを志朗に告げられないまま、私たちは床に就いた。心の中はざわめきっぱなしだった。

どうして、すぐに「お母さん」と呼びかけなかったのか。会った瞬間に、そう呼びかけていれば、志朗にも気がついてもらえたのに。

どういう経緯で両親が離婚して、別れた母がどこで何をしているのか、志朗には、一切話したことがなかった。なぜなら、私自身が、一切知らなかったから。

洋食屋で夕食を共にしたあの日を最後に、母は私の前から姿を消した。その後、ただの一度も連絡はなかった。

私は、ほとんど成り行きで父と暮らしたが、その父も、私が社会人になるのを待っていたかのように、病気で他界してしまった。

唯一の家族を失ってしまった私を支えてくれたのが、志朗だった。思えば、あのときに、この人とこのさきもずっと一緒にいたい、と初めて意識したのだ。

志朗もまた、そうだったのかもしれない。

ふとんの中に、志朗の手が、こっそりと忍び込んできた。すぐ隣で、志朗の囁きが聞こえた。

「ちょっとだけ、お腹触ってもいい？」

私は、志朗の手を取って、自分の薄っぺらいお腹の上にそっと置いた。志朗の手は、いとおしそうに、浴衣のお腹の上をゆっくりゆっくり、いったりきたりした。じんわりとあたたかな感触が伝わってきて、私はいつしか、眠りに落ちた。


翌朝、朝食会場にも、見送りの仲居さんたちの中にも、母の姿がなかった。非番なのかな、と思ったが、尋ねることもなく、旅館を後にした。取りに帰れない忘れ物をしてしまったような気分だった。

もともとは日光まで足を延ばす予定だったのだが、「結婚のいろんな段取りを早く決めなくちゃ」と志朗が言う。早々に東京へ戻り、私のマンションへ行って、ネットや雑誌を見ながら打ち合わせをすることになった。

浅草駅に到着するまでに、電車の中で、結婚式の日取り、式場、披露宴会場などの候補を、いくつか挙げ合った。

「そんなに焦らなくってもいいんじゃない？」と私が言うと、

「だって、これからどんどんお腹が大きくなるだろうし、流里の負担も増えるだろ。するとなったら、早いに越したことはないよ」

懸命にスマートフォンで検索しているので、いままで結婚のけの字も出さなかったくせに、とおかしくなった。

「子供が生まれてからでもいいと思うんだけど……」

せっかくだから、セレモニーに関してはゆっくり準備してもいいかな、と思ったのだが、「だめだめ、そうはいかないよ」と志朗が即座に却下する。

「うちの両親と姉貴のキャラ、知ってるだろ。『デキ婚』なんて世間体が悪いとか、順番が逆だとか、文句言われるに決まってるんだから。妊娠してることを隠せるうちに、式を挙げなくちゃヤバいよ」

実は、志朗は実家にかなり気を遣っているようだった。私は、急に不安になってきた。

「じゃあ、私が妊娠したこと、ご実家に隠して結婚式を挙げるの?」

「いや、そうじゃなくて」志朗は、一瞬、語気を強めた。

「言わないわけにはいかないじゃん。なんでそんな急に結婚するって言い出すんだ、って不審がられちゃうし。子供ができたんなら仕方ない、ってことになるだろ」

仕方ない、という言葉に、かちんときた。

「何その言い方。じゃあ、子供ができなかったら、このままずうっと結婚しないで、ずるずる付き合ってたっていうの?」

志朗は、気まずそうに口をつぐんだ。私は、ふくれて横を向いた。ちょうど、電車が隅田川を渡るところだった。

まだ夏の気配が色濃い空を映して、たっぷりと川が横たわっている。電車はゆっくり減速して、やがて浅草駅の構内に入った。私は無言で立ち上がり、荷物を網棚から下ろそうと手を伸ばした。

「おれがやるよ」と志朗が後ろから手を出した。

「いいよ。自分でやるから」私は、不機嫌な声で応えた。と、そのとき、志朗のジーンズのポケットの中で、スマートフォンの着信音が鳴った。

「はい、もしもし」志朗はあわてて電話に出ると、荷物を持ってドアのほうへ向かった。私はため息をついて、しぶしぶその後についていった。

プラットホームで、志朗は電話の応対をしていたが、やがて私のほうを振り向いた。

「流里、旅館になんか忘れ物した？」

私は、え？　と首を傾げた。

「きのうの仲居さんからなんだけど……」

そう言って、私に向かってスマートフォンを差し出した。


鬼怒川の旅館を訪ねて二週間後。

母と、吾妻橋《あづまばし》の交番の前で待ち合わせをした。

なぜ交番を待ち合わせ場所にしたのかといえば、母が、浅草駅も吾妻橋もよくわからない、と電話で言っていたからだ。吾妻橋の交番、と特定すれば、迷わないだろう。

約束時間は午後三時。五分まえに、交番前の交差点に着いた。母は、とっくに着いていたという感じで、交差点のあたりをきょろきょろとせわしなく眺めている。

私は、何か気まずい思いで、母に近づいていった。

「あ、来た来た。わあ、よかったあ、また会えて」

私と向かい合うと、少しはしゃいで母が言った。私は、歌いたくもないのにカラオケでマイクを握らされてしまったような、なんとなくばつの悪い気分だった。

「ごめんね、突然、誘い出して……今日、仕事だったんじゃないの？」

「うん、まあ……でも、午後から休みとったから」

「そうなの。わざわざ、悪かったね。ごめんね」

母は、しきりにあやまった。旅館で会ったときにも感じたのだが、母は、以前と変わった気がした。ていねいな人になった、というか、きちんとした印象の人になった。年を取って角が丸くなったのだろうか。あるいは、仲居の仕事をしているせいもあるのかもしれない。

「お腹空いてない？　どっかお店、入ろうか。今日は、あたしにごちそうさせて。わざわざ来てくれたんだし……」

どこへともなく歩き始めてすぐ、母が言った。わざわざ来たのはそっちでしょ、と思ったが、口には出さなかった。

「いや、あの……実は、今夜七時に夕食の約束があって……いま食事っていうのは、ちょっと……」

母の顔が、見る見る曇った。感情を顔に出してしまうところは、変わっていないようだ。

「じゃあ、あんまり時間、ないのね」

「うん……」

「そう……」

私たちは、ふっつりと無言になって、あてもなく浅草通りを雷門《かみなりもん》のほうに向かって歩いていった。

冷たいな、と思った。

私、冷たいな。ほんとうに、この人の娘なんだろうか。

理由も何も告げずに母が去り、十五歳のあるとき、唐突に父とふたり暮らしが始まってしまった。もともと私は自分のことは自分でしていたし、父は父で気ままにしていたので、母がいなくなってしまっても、生活をしていく上で特別に困るということはなかった。

私は、ただ母が憎らしかった。せめて、これから出ていくからと予告するとか、連絡先とか、何か手がかりを残していくべきだったのではないか。

それとも、ひょっとして、自分という娘は、母に疎《うと》まれていたのだろうか。二度と会わなくても構わないと母が思うほど、父と私は、母にとって希薄な存在だったのだろうか。家族とも呼べないような。

そんなふうに思って、悔しかった。

もう母が帰ってこないと悟ったその夜、ふいに涙がこみ上げた。気の強い女子高生だった私は、これは悔し涙なんだと自分に言い聞かせた。泣いてしまうと負けのような気がして、涙をこぼすまいとがまんした。

なぜ、悔しかったのだろう。なぜ、負けたくないと思ったのだろう。

ほんとうは、私は、ただ寂しかっただけなんじゃないか。

「ねえ、ちょっと待って」

少し先を歩く私の背中に向かって、母が声をかけた。私は立ち止まって、振り向いた。

「あてずっぽうに歩くくらいなら、行きたいとこがあるんだけど」

母が言った。唐突な物言いは、昔の母と同じだった。

「どこ?」

母は、いま来たほうをちらりと振り返って、言った。

「川。船に、乗りたい」

吾妻橋の交番の通りを挟んで向かい側に、乗船場があった。そこを発着する船に、ぞろぞろと観光客が乗り込んでいるのを見たという。あれに乗ってみたいな、どう？と母の提案だった。昔のまんまの、気ままな口調で。


吾妻橋を出発して、浜離宮《はまりきゆう》、日の出桟橋《さんばし》を経由し、また吾妻橋へと戻る、二時間ちょっとのルートの船に、私たちは乗り込んだ。

「こっち、こっち。ねえ、この席がいいんじゃない？　ほら、スカイツリーも見えるし」

窓際の席を陣取って、母が言った。ああいい眺めだ、意外と川幅があるね、とすっかりはしゃいでいる。出会ったときには、むりやり張り付けたような笑顔だったが、自然にこみ上げる笑みに変わっていた。私のほうは、まだ少しこわばっていたが、母がはしゃぐのを見て、当てもなく歩き続けるよりはこのほうがずっとよかったな、と、ほっとしたような気分になった。

平日だったが、船内はそこそこに乗客があった。

『皆さま、本日はご乗船ありがとうございます。今日は、お天気もよくて、スカイツリーもきれいに見えますね』

軽快な口調で、案内嬢がマイク越しに解説を始める。ドドドドド、とエンジン音が響き渡って、船が動き出した。

駒形橋《こまがたばし》、厩橋《うまやばし》、蔵前橋《くらまえばし》。いくつもの橋の下をくぐってゆく。大きなビル、高層マンションが建ち並ぶ川辺を過ぎ、傾き始めた太陽のきらめきが満ち満ちた川面を切り裂いて、船はゆったりとしたスピードで進んだ。

橋や川沿いのビルについて案内嬢が説明するのを聞き、母はいちいちうなずいて、「へえ、そうなの」「知らなかった」「ふうん、なるほど」「えっ、すごいねえ」と、友だちの話に相づちを打つように反応している。その様子が妙にすなおで、なんだか微笑ましかった。

船の天井は透明なアクリル板でできていて、空や橋の裏側が眺められるようになっている。そこから陽光がさんさんと降り注いでいた。母は、バッグの中から、水色に白の水玉模様の手ぬぐいを出し、「ほら」と私の頭に掛けた。

「熱中症になったらいけないでしょ」

「大丈夫だよ。自分の頭に掛けなよ」と、手ぬぐいを頭から取ろうとすると、

「あんたじゃなくて、お腹の赤ちゃんのことを心配してるの」

そう言って、ふふ、と笑った。

船は、浜離宮に到着した。何人かの乗客が降りていった。再び、船は広々とした川へと出た。

「いま、どのへんにいるの」母が訊いた。

「わかんない。私も、船に乗るの初めてだし……」と答えると、

「初めてじゃないわよ」

意外なことを、母が言った。

「あんたが、小学校一、二年くらいのときだったかな。一度、お父さんと、あたしと、三人で乗ったよ。こんな立派な船じゃなかったけど……」

そういえば、そんなことがあった。

家族サービスなどに無縁だった父が、あるとき、母と私を浅草見物に連れ出してくれた。花やしきでジェットコースターに乗り、浅草寺《せんそうじ》でお参りをした。そして、船に乗ったのだ。

「ああ、そうだったよね。確か、こんな感じで……夕暮れどきだったな。ぼんやり覚えてる」

金色の風景の中をゆっくりと進みながら、私は、少しずつ、少しずつ、子供の私に戻っていった。

めったにない家族三人でのお出かけ。私は、ずいぶんはしゃいでいた。生まれて初めて船に乗って、金色の川の真ん中をぐんぐん走って、きらめきの中で、夢をみているような気分だった。

夕日に照らされた川景のすべてが輝き、まぶしくて、目を開けていられないくらいだった。けれど、目を閉じてしまうのも惜しくて、私は窓にぴったりと寄り添っていた。この美しい世界のたったひとつのものも見落とすまいと、一生懸命にみつめていた。

「絵を、描いたんだよね。あんた、あのあと」

まぶしい景色が流れていくのを船窓に眺めながら、母がつぶやいた。

「絵?」

「うん」

あまりにも楽しかった、家族と過ごした一日。

家に帰ってすぐに絵を描いたんだよ、覚えてる? と母が言った。

黄色と、オレンジの色鉛筆を思い切り使って、画用紙いっぱいに川面のきらめきを描いた。その真ん中を突っ切って、流れていく黄色い星が、みっつ。

「これなあに、って訊いたら、流れ星だよ、って。お船に乗ってるとき、お父さんと、お母さんと、流里、流れ星になってるみたいだったんだ、って」

大きい星と、中くらいの星と、小さい星。みっつの星が、どこへともなく流れていく。いちめんの輝きの中を。

「ああ、思い出した」と私は言った。

「『ながればし』って題名をつけて……そしたら、お母さん、それを児童画コンクールかなんかに、こっそり出したんだよね」

「そう、そう」母は、弾けるような笑顔になった。

「それで、ちゃっかり入賞したの」

すごい、すごいよ流里！　やっぱり、お母さんの子供だ。将来は、きっと画家になるね。

入賞が決まって、母は大喜びだった。私が大好きだったイチゴのデコレーションケーキを買ってきてくれた。父は、水彩絵の具とパレットをプレゼントしてくれた。

絵を描くと、いいことがあるんだな。絵を描くことって、楽しいな。子供の私はそう感じて、それからしばらく、絵を描くことに夢中になった。

けれど、私にとって、絵を描くことは、風邪を引いたようなものだった。テレビアニメやゲームなど、興味のある何かをみつけた瞬間に、すぐに忘れてしまったのだった。

「まだ、絵を描いてるの？」

ふと訊いてみた。母は、一瞬、さびしそうな微笑を浮かべて、首を横に振った。

「ひとりになって、そんな余裕はなくなっちゃった」

それから、私のほうを向くと、思い切ったような目をして、言った。

「いつか、あんたにもう一度会えたら、言わなくちゃと思ってたことがあるの」

そして、ごめんなさい、と、小さく頭を下げた。

「なんにも言わずに出てっちゃって」

何を言っても言い訳になってしまう。だから、あのとき、黙って行くことにしたんだ、と母は言った。

父と結婚してから、父が振り向いてくれなくなって、母は、ずっとさびしい思いをしてきた。父とのあいだにできてしまった溝は、もはや容易に埋められなくなってしまった。

そんなときに、好きな人ができた。相手にも妻子があったが、全部捨てて一緒になろう、と言われ、本気にしてしまった。

そのことを知って、父は烈火《れっか》のごとく怒った。自分のことは棚に上げて、出て行け、の一点張りだった。母は、もうこれ以上この人とはやっていけない、と離婚を決めた。

けれど、流里は？　あの子は、どうしたらいい？

あの子は、もうすぐ十六歳になる。立派な大人だ。あの子の意思を、尊重しよう。母は、そう決心した。

そして迎えた、あの夜。私は、あっさりと、父のもとに留まると答えた。

母は去った。何も言い訳をせずに。口を開けば、一緒に行ってほしいと、泣き言になってしまう。黙って去るほかはなかった。

結局、好きになった人と一緒になることはなかった。母は、ひとりで生きていく道を模索しなければならなかった。郷里の栃木に戻り、仲居の仕事に就いて、いまに至る。

父の死については、共通の友人を介して知った。すぐに、私の年齢を思い浮かべたという。

順当にいっていれば、社会人二年目。このさきは、きっとひとりで生きていけるだろう、そうあってほしいと、ただそれだけを願った。

「あんたは、正真正銘、独り立ちした。それでいいんだ、って思ったの。自分の人生をしっかり生きてくれれば、それでいい。このさき、あたしが死ぬまで、もう会えなくても」

そう思いながら、細々と生きてきた。当然、絵筆を握ることなど、とっくになくなっていた。

ところが、まったく思ってもみないかたちで、私が目の前に現れた。未来の夫とともに。お腹に新しい命を宿して。

「神さまの、贈り物だと思ったよ」

きらめきを増す川面に視線を投げて、母が言った。

「ずうっとひとりで、ただ漫然と生きて、こんな人生に何か意味があるの？　って思ってたの。あんたにもう会えないってことが、急に、とてつもなく重たくのしかかってきたりしてね……。あのとき、無理にでもあんたを説得して、連れていけばよかった。悔しかったんだよね。自分は、いっつもあんたと一緒にいて、あんたのことだけを考えていたのに……あんなにも、気持ちいいくらいにあっさりと、お父さんと一緒にいる、って言われちゃって。じゃあもういいよ、もう出てくからって。

ずいぶん、子供じみた母親だったよね」

もう会えなくたっていい。元気でさえいてくれれば。

だけど、元気かどうか、確かめるすべもないのは、さびしすぎる。

神さま、お願い。これからも、わがまま言わず、こつこつ働くから。

もう一度、流里に会いたい。

心のどこかで、いつしか、そう願っていた。

そうして、あの日、私と再会した。

お前も、なかなか、がんばった、だから、もう少しがんばってみろ。神さまに、そう言われた気がしたと、母は、少し照れくさそうに笑った。

私は、ようやく、理解した。

母も、母なりに苦しんだのだ。悔しい思いをし、後悔もし、さびしい思いをしてきたのだと。

会わずに過ごした十二年間、その思いを胸に秘め続けていたのは、私ばかりではなかったのだと。

「あんたと彼氏に会ったとき……彼氏から、子供ができたって聞かされたとき。初めて、思ったよ。これでよかったんだ、って」

もしも私が、母についていく、といえば、母と私の運命は、違ったものになったことだろう。

それはそれで、ささやかな母娘の暮らしを営んでいたことだろう。小さな幸せを、母と一緒にみつけていたかもしれない。

けれど、そうなっていたら、私は、志朗と出会うことはなかっただろう。新しい命を、いま、こうして、私の中に感じることはなかっただろう。

これでよかった、と母は言った。ほんとうに、ほんとうに、これでよかったんだと。

私たちを乗せた船は、やがて、吾妻橋へと戻り着いた。

茜空のさなかに、東京スカイツリーがすっくりと立っていた。夕日が西の空を静かに燃え上がらせ、夏の終わりを告げていた。

母が先に船を降りた。私に向かって、ごく自然に手を差し出した。私は、母の手に自分の手を預けた。骨張ってささくれだらけの指が、しっかりと私の手を握ってくれた。


母の訃報が届いたのは、翌年の五月。私が臨月を迎えた頃だった。

志朗と私は、十二月に、名古屋市内のホテルで結婚式と披露宴を挙げ、夫婦となった。

妊娠を告げられて、志朗の家族は当初こそ戸惑っていたが、やはりお腹が大きくなるまえに挙式をしたほうがいいということで、驚くほどスピーディにすべてがまとまった。

私は、結婚まえに、志朗に打ち明けた。鬼怒川温泉の旅館で出会った仲居さんが、実は母だったこと。その後一度だけ会って、父と別れた経緯をすべて教えてくれたこと。そして、母と船に乗ったときの会話のすべてを、いっさいがっさい、打ち明けた。

志朗は、黙って、最後まで聞いてくれた。目には、涙が浮かんでいた。そして、式にお母さんを呼べないかな、と言った。私は、首を横に振った。

式に出席できないか、すでに電話で母に打診をしていた。母の答えは「できない」だった。

ややこしいことを、彼氏のご家族に話さなくちゃならなくなったら、面倒でしょ。いまのまま、あんたの母親はいなくなってしまったってことにしておいて。そのほうが、気楽でいいから。

そうして、母は、今度こそ、いなくなってしまった。

この世界から、永遠に。


母の勤め先のあの旅館から、電話がかかってきた。

お母さまが、亡くなりましたと。

四月、三年ぶりに受けた検診で、がんがみつかり、入院していたという。緊急の連絡先として、私の名前と携帯番号が病院に届けられていたため、連絡したとのことだった。

いたずら電話かと思った。突然かかってきて、母が死んだというなんて。なんと返したらいいのか、どんな言葉も思いつかなかった。

ご遺体は病院に安置されています。取り急ぎ、ご対面いただけますか。お通夜や告別式などに関しましては、弊社もサポートさせていただきますので……。

私は、バッグに、スマートフォンと財布とハンカチ、そして母子手帳を突っ込むと、ジャケットを羽織って、マンションを飛び出した。タクシーに乗って、浅草駅へと急いだ。

午後六時三十分、駅周辺は大変な人出だった。今日は大きなイベントがあるんですよ、とタクシーの運転手が言った。東京ホタルというイベントが。

隅田川に光のボールを放つ。ホタルの群れがいっせいに水面を飛び交うような、光のページェントをひと目見ようと、大勢の人々がやってくる。

どうにか東武線の浅草駅にたどり着くと、私は、大きなお腹をかばいながら、改札へと向かった。十九時発の鬼怒川温泉行き特急に間に合いそうだ。電子カードで改札を通ると、いましも発車しかけている電車に飛び乗った。そのとたん、ドアが閉まった。

ゆっくり、ゆっくり、電車が動き始めた。すぐに隅田川にさしかかって、窓の外を見た私は、息をのんだ。

幾千万の青白い光が、川面をいちめんに満たして、ゆっくり、ゆっくり、流れてゆく。まるで、天の川のようだ。川辺で、いっせいにカメラのフラッシュが光る。その輝きの真上を、私を乗せた電車が通り過ぎる。

ながれぼしになって、私は、流れていく。

いま、母のもとへと。

本書は、二〇〇九年七月にイースト・プレスより刊行された『ギフト』を加筆・修正のうえ、「ながれぼし」（ポプラ文庫『東京ホタル』所収、二〇一五年四月）を加えて文庫化したものです。

ギフト

原田マハ

2021年1月5日　第1刷発行
2024年9月6日　第9刷

発行者　加藤裕樹
発行所　株式会社ポプラ社
〒141-8210　東京都品川区西五反田3-5-8
JR目黒MARCビル12階
ホームページ　www.poplar.co.jp
フォーマットデザイン　bookwall
校正　株式会社鷗来堂
印刷・製本　中央精版印刷株式会社

N.D.C.913/186p/15cm　ISBN978-4-591-16792-2

P8101414

ポプラ文庫好評既刊

翔ぶ少女

原田マハ

1995年、神戸市長田区。震災で両親を失った小学一年生の丹華は、兄の逸騎、妹の燦空とともに、医師のゼロ先生こと佐元良是朗に助けられた。復興へと歩む町で、少しずつ絆を育んでいく四人を待ち受けていたのは、思いがけない出来事だった――。『楽園のカンヴァス』の著者が、絶望の先にある希望を温かく謳いあげる感動作。

【解説／最相葉月】

ポプラ文庫好評既刊

ビオレタ

寺地はるな

婚約者から突然別れを告げられた田中妙は、ひょんなことから雑貨屋「ビオレタ」で働くことになる。そこは「棺桶」なる美しい箱を売る、少々風変わりな店だった……。人生を自分の足で歩くことの豊かさをユーモラスに描き出す、心にしみる物語。第四回ポプラ社小説新人賞受賞作。

ポプラ文庫好評既刊

四十九日のレシピ

伊吹有喜

妻の乙美を亡くし気力を失ってしまった良平のもとへ、娘の百合子もまた傷心を抱え出戻ってきた。そこにやってきたのは、真っ黒に日焼けした金髪の女の子・井本。乙美の教え子だったという彼女は、乙美が作っていた、ある「レシピ」の存在を伝えにきたのだった。